旧时天气

孙洁 著

上海文艺出版社

目 录

辑一

一梦二十年	3
9011	8
东区十二时辰	17
毕业季，往事如昨	25
我的南区	30
"同学们年轻时要写诗啊"	35
一直到星星闭上眼睛	41
许师道明	47
少年路	49
三生有幸	53

辑二

那所破房与两株枣树	59
回望《茶馆》	70
猥琐的沈处长还是光明的尾巴	84
《二马》："愤青"老舍的异国探险	93
《断魂枪》："不传！不传！"	101
《茶馆》："最悲的悲剧，充满了无耻的笑声"	110
失魂落魄的新《茶馆》	118
红茶馆？	121
杀死《茶馆》	124

《老舍赶集》四题　　　　　　　　　**128**

《不成问题的问题》，没有故事的故事　　**136**

会说话的"出土文物"　　　　　　　**141**

残片光影，乡愁北京　　　　　　　**146**

哭舒乙师　　　　　　　　　　　　**151**

辑三

停不下来的红舞鞋　　　　　　　　**159**

绝唱　　　　　　　　　　　　　　**168**

我听到传来的谁的声音　　　　　　**176**

《天书奇谭》，像童年一样美好　　　**180**

邱岳峰有证书吗？　　　　　　　　**186**

京剧的百年玩笑　　　　　　　　　**188**

京剧乎，纪录片乎？　　　　　　　**192**

"新话"和样板戏　　　　　　　　　**197**

灯光开得最亮的演员　　　　　　　**201**

失落的谍战片　　　　　　　　　　**210**

《伪装者》，谍战神话的另一种写法　**218**

红色的梦，白色的夜　　　　　　　**226**

谍战片的歧路　　　　　　　　　　**235**

自由的，美丽的　　　　　　　　　**241**

后记　　　　　　　　　　　　　　**245**

辑一

一梦二十年

"又做军训的梦了",我有好几段微博是这么开头的。梦里的军校和军训场景各色各样,有刚进校时的兴奋莫名,有队列的枯燥难挨,有种菜归队的疲惫,拼接上去种种奇异的情境,最多的是在军校笔直的林荫路上奔跑,奔跑……军训至今已经二十年(写下这个数字,心下兀自惊悚),军训的梦从未断过,隔三岔五,会再做一个。

我去的这个军校是南昌陆军学院,坐落在南昌的望城。望城,这个地名当年写信的时候一次次地写到,不过其实从来没有去过,至今不知道它是什么样的。部队里纪律很严,请假销假很麻烦,一个十二人的班,轮上结伴去一次南昌城少说也得等上两个多月,所以逢到星期天,最常见的消遣就是窝在寝室或者自习室,一边塞着耳机听广播,一边一封一封地写信。写得最多的是家信,其次写给各种闺密,再然后翻着中学毕业时抄下来的通讯录,一个一个给不相干的男女同学写信。

那时候复旦的军训是1990至1992三届学生,北大是1989至1992四届,满打满算一共七届的学生,惊动了四个陆军学院。好在当年学生少,像我们这一届去南昌的文科生,分了六个中队也就住下了。我参加的是复旦的第一届军训,这一届后来颇出来过几个风云人物,有美女作家,有主持明星,甚至还有全国首富。想想看,我当时就是和这样一些未来的精英在一起半夜站岗、早晚点名、叠豆腐干样的军被、挑粪浇菜、养猪帮厨、出操走队列、唱歌喊番号、上黄洋界野营拉练……

军校唱得最多的歌是《团结就是力量》,短小精悍,朗朗上口,张嘴就来。《三大纪律八项注意》就不那么好唱,太长,我是从来只记得第一项纪律,然后就跟着乱唱了。还有几首歌叫不上名儿来,什么"十八岁十八岁我参军到部队",很应景的;拉练的时候唱"红米饭那个南瓜汤",也是题中应有之义;还有一首上打靶课必唱的《打靶归来》,"日落西山红霞飞",好听极了的军队歌曲。我从小不擅唱歌,被音乐老师指为"音盲",就是一唱歌就跑调的那种人,到了部队也只好跟着唱。因为一日三餐整队之后必须在食堂门口大唱特唱一番才能进去落座开吃。前几年看《士兵突击》,七连已经解散了,许三多一个人哇哇地唱了一首歌,然后才走进饭堂去吃饭。这样的细节非部队里滚过的写不出来。不过《士兵突击》还是有些细节在我这种"当过兵的"眼睛里露馅儿了,营房的窗帘不可以这样随风飘着的,它们必须按照统一的方法扎起来,长短一致并且一顺边儿地挂在左侧窗棂上。部队营房里,从窗帘、被褥、毛巾、武装带、军帽到牙缸里牙刷的方向,都是整齐划一的,不可以有飘起来的窗帘,绝对不可以。

军训的日子,除了日常训练、出操,还要上课。上的课有军事、政治,也有大学语文、英语这样的文化课。英语老师很年轻,有一口标准的发音,常常在电化教室里让我们每人头戴一副超大的耳机,他一首一首地放美国乡村歌曲给大家听,很受女生欢迎。语文老师口音比较重,听他的文学课有些费劲,我跟几个同学至今能回忆起来他把戴望舒的《雨巷》读得支离破碎的情景:"撑着油纸桑,独自／彷徨在悠长、悠长／又寂寥的雨巷,／我希望逢着／一个冰箱一样地／结着愁怨的姑娘。"这就是我考入中文系之后上的第一堂文学课。课余可以去图书馆借书,我曾经花了两个月左右的课余时间一本接一本地借上海译文社网格本的狄更斯读,差不多把狄更斯的好看和不好看的各种小说看了一个遍。

中文系女生分在22中队。队长是个很帅的少校(后来升了中校),区队长是个美丽温柔的女军官,司务长很能干,会带领炊事班做各种好吃的点心，教导员慈眉善目的，副教导员最无所事事，我们这些被勒令剪去长发、不得化妆、只准穿解放鞋的假女兵常常无奈地看着副教导员烫着卷发、穿着高跟鞋在那儿涂脂抹粉。因为需要轮班帮厨，我们和炊事班混得最熟。炊事班有一个也是口音很重的高挑小伙子叫王以斌，常常会美美地哼着《真的好想你》，对我们说："你们上海的周冰倩，唱歌最好听了。"军训结束的那几天，很多女生哭得稀里哗啦，有的是哭自己这一年的辛苦，有的是哭和这些士兵的生离死别。事实上，军官们后来还一直能见到，这些默默付出的士兵，从此就真的天各一方，互相不通音信了。

也是在那几天里，我为出一张黑板报熬了生平第一个通宵。在那之前，整整一年，我没有给这支队做过什么具体的事情，一直自顾自地忙忙碌碌：除了写信、写日记，就是去图书馆借书看。上文化课的时候，有个学生干部是我同桌，经常见我在笔记本里无聊地写美术字玩，就认定我会出黑板报，我就这样懵懵懂懂地随着一起出了一期临别的黑板报。第二天，教导员看着黑板报惋惜地直摇头，说："怎么现在才知道你会这一手？"就这样，我第一次也是最后一次为军政训练大队做了一件事情之后，就打点行囊告别了军队，回到上海。

回来之后，南昌好吃的炒米粉再也没有吃到过，军训时吃到的在上海各大食品店风靡一时的多味花生慢慢地也销声匿迹了，身上摔出的青的紫的痕迹一点点平复下去，走路必须大幅度摆臂到第三个纽扣的习惯渐渐地也遗忘了，唯有军校的梦一做再做，说话间就做了整整二十年。

2010 年

9011

"9011"是个代号。复旦每个班级都有这样一个代号,前两个数字表示级别,也就是入学年份,后两个数字代表院系,"11"是中文系,"12"是外文系,"13"是新闻系……"9011",就是1990级中文系。早我们十一年入学的8011班,去年出了一本书,叫《1980我们这一届》,纪念毕业三十周年。全班九十三人,写了八十一篇文章,目录页浩浩荡荡,全是以"8011"开头的学号,把人看呆了。

等等,你说8011比9011早十一年入学?数学是语文老师教的吧?倒也不是,事情是这样的:因为我们1990级是复旦连续三年入学先完成一年军训(现称"军三届")的第一届学生,是当年拿到录取通知书后直奔军校的,正式进校报到开始学专业课,是在1991年9月了。

于是我应该也已经讲清楚了为什么我们班要到1995年才散伙，嗯，今年是散伙二十周年。

戴老师

9011有三十七个学生，分"中国文学"和"汉语言学"两个专业。一二年级时候，大家在一起上包括各时段的中外文学史、作品选、汉语、文艺学、语言学在内的基础课，到三年级分道扬镳，各上各的课去。大家一起上了四年的课只有一门，就是辅导员每周二下午的例行班会。

辅导员是现代汉语的博士戴耀晶老师，刚刚毕业，很腼腆。大概是因为缺少上课的经验，在我们面前他总是显得有些紧张。比方说，站到讲台上，他捏着粉笔的手指总是会不由自主地颤抖。为了控制这种神经质的颤抖，他常常一边讲课，一边折断一支粉笔，有意无意地把粉笔头排列在粉笔盒旁边。也就是用了类似的一些小技巧，他迅速地克服了初上讲台的腼腆和紧张，把自己调整到一个辅导员的最佳状态，先是通过几次活动把这个患有"军训后遗症"的群体捏合在一起，又利用自己在学问上的优势占领了9011的制高点，同时神奇地和很多同学成了哥们儿。那时候，每周二都要开班会，不管有事没事，大家都需要坐在一起面面相觑一节课。大三那年，我们班的李岩炜写了个中篇小说，叫《说完了的故事》，一鸣惊人地发在1994年第一期的《收获》上，名字和柯灵、蒋子丹、迟子建、冯骥才排在一起。那次班会课，戴老师特别高兴，他用他那特有的洪亮的、字正腔圆的，又微微有点发抖的标准普通话，说："李岩炜同学发表了一篇小说，叫《说不完的故事》……"话音未落，全班已经笑倒一片。

戴老师是一个信奉拼搏、信奉正能量的好老师。被他领进门，连续四年，随时接受他灵魂里散发的儒者气息的熏炙，是9011的荣幸。

去年9月22日凌晨，过度操劳的戴老师过早地倒在人生路上。追悼会上，一个铺满黄色菊花的葵花形大花圈上，缀着三十七朵白玫瑰写成的大大的"9011"四个数字。

骆老师

9011回校读书之前，刚好是8711离校。朱刚在系团学联的小报《锺文》里写："《庄子》曰，醉者神全。被《列子》抄袭了，被刘伶实践了，被渊明带入桃源，从15号楼吐到3号楼。"这段话当时随着一张16开的散发着油墨香味的小报纸，被辅导员从复旦带到南昌陆军学院，唤醒了每天叫着番号踢着正步日出列队日落站岗的中文系孩子们的文艺之心。1991年6月的一个清晨，军校食堂里，9011的孩子们啃着碱放太多了的大黄馒头，传阅着这张报纸。他们懵懵懂懂地想到，读中文系，是要看《庄子》的，也是要喝酒的。

　　大一的第一堂课，是骆玉明老师的《中国古代文学作品选》，一开口就是："你们来复旦读书，要做的第一件事就是把中学里学的知识全部颠覆掉。"我们这一班人，先是循规蹈矩地读了六年中学，一个个争做好学生，随即便被时代的车轮带去了军校，走了一年队列，学了一年军理，突然听到这样的话，大家都有点发懵。很多年后，当我在课堂上对一年级的孩子们说出差不多同样的话的时候，恍然间，觉得自己也还坐在他们中间。

　　随后的一个学期，骆老师便开始颠覆我们的"旧知识"了，他讲课很奔放，每次讲到庄子、阮籍、嵇康、李贽这些特立独行之辈，便会激动起来，全班也跟着他激动起来。有几次，课上完了，正下着小雨，骆老师一缩脖子，把书和伞夹在腋下，信步走入雨中。大家就隔着教室的大窗户，默默地望着他走远。

　　嘻嘻哈哈地听了一学期课之后，迎来了大学时代的第一个期末考试。迎考的日子里，大家都自觉地跑去教室自习，不到熄灯不回宿舍。那一天也不怎么特别冷，虽然第二天就要考作品选了，但坐在自习室里还是不住地发抖，完全看不进书，一跺脚裹上围巾就回宿舍了。刚踏进寝室的门，肖艺抓住我的胳膊就嚷："你回来啦！骆老师来过了，刚走！"什么情况啊？原来是明天要考试了，骆老师在家里一琢磨，题型还没公布过,越想越觉得如果不去给我们提个醒儿,大家都会考砸。于是他冲进寒风,跑完男生宿舍跑女生宿舍,告诉大家,明天要考二十个填空题,范围是教材里所有作家的姓名字号包括室名、谥号,请大家务必连夜准备,说完便匆匆地回去了。这门课用的教材是朱东润先生主编的《中国历代文学作品选》,虽然只上了一学期课,教材却是毫不含糊的六大本,所有作家的名号啊……

就这么不期然地迎来了复旦园里的第一个通宵。宿舍每天晚上十点准时熄灯,只有走廊里有灯。寒风刺骨的冬夜里,9011的女生们,一人裹一件军大衣,坐一个方板凳,在三间寝室门口一字排开,念念有词地背诵,直到东方发白,窗外飘起了雪花。

中秋节

前面已经说了,我们班分语言和文学两个专业,到大三必须按各自的专业上课。因为我所在的语言专业中惦记转专业去学文学的人太多,跟辅导员、系主任软磨硬泡一年之后,系里终于给了一个名额,可以从语言专业转到文学专业。倒不是说两个专业在就业上会有什么不同,或者它们有什么高下之分,就是有的同学一心想当作家,有的同学一心想读文学专业的研究生,有的同学则纯粹是不愿意学语言。心猿意马的人太多，系里怎么也协调不过来，就给了申请转专业的三五个同学一个书单，让考试决胜负。

书单是大一之后的那个暑假发给我们的，包括几种对于大一的学生来说显得有点费琢磨的经典文论和语言学理论，现在我站在一个中文系教师的立场分析，当时的老师们是想将我们一军：不是要学中国文学专业么，这几本都读不下来就免谈吧。

于是过了一个苦读的暑假。整整两个月，每天顶着烈日，抱着一堆天书一样的理论著作到我爸单位去啃，写笔记，打破了头去理解，理解不了还要找更多的参考书来帮助理解。那时候没有互联网啊，一切都靠查书，我爸的单位是家出版社，书比较多，办公室里又有空调，所以就风雨无阻地跟着他上班下班，他工作，我备考。也是功夫不负苦心人，终于在大二开学的考试之后顺利拿到了那个转专业的名额。

心事落定之后，迎来了大二的中秋节。

在复旦，有两个节日的晚上，大家是不读书的，一个是平安夜，另一个便是中秋节。我们读书的时候，每年的中秋节，学校会给每个学生发一个月饼，相辉堂也会放一部电影，但更多的同学还是选择到校内的草坪上看月亮。那天，先是几个女生买了几瓶啤酒，到毛主席像背后的草坪上，就着月光边喝边聊。后来，陆续有走过草坪的同班同学加入——大概都是被皎洁的圆月晃得在宿舍、图书馆、自习室里坐不住的——到九点多钟的时候，那一片草坪上已经坐了十几个9011er了。最初带来的几瓶啤酒早就喝完，男生们又去小卖部拖来一些。再下去几瓶之后，开始有同学跑出草坪，到靠近理图的小路上摔酒瓶子，哗啷啷，哗啷啷……一直紧绷的头脑被酒放空，话开始多了起来，行为也开始不受理智支配。这时候，福建男孩吴剑锋对我说："我们家乡，喝酒都要吹喇叭的。你知道吹喇叭吗？"我不知道，冲他摇头。他说："吹喇叭，就是一瓶酒一口不歇地灌下去。"哦，懂了，我毫不犹豫地接过他递给我的一瓶啤酒，一口气干掉了。

这真是我在9011班史上的辉煌瞬间，直到现在，老同学见面时还会有人提起：那次你"吹喇叭"，大家都看傻了。那时，有一点赌气，有一点轻狂，有一点心愿得偿的踌躇；现在，从一个中年人的视角回首望去，更多的只是"少年不识愁滋味"罢了。

毕业季

读完大三，我滚去南区读研究生，我的同学们大多还在读大四。一年之后，1995年，他们的毕业季来临之时，我就跑回去和他们一起发疯。作为五年同窗，我和他们一起拿毕业文凭；作为赖着不走的同学，我去送别；作为硕士一年生的学长，我去欢迎这一年考上或者直升研究生的学友们。

于是，那些天我穿梭在南区和东区之间，吃散伙饭，拍毕业照和各种毕业留影，直到曲终人散。

说来其实挺不光彩的，1995届，作为"军三届"的第一届毕业生，用一种特别极端的告别方式给母校留下了难忘的记忆——5号楼，一个超大的宿舍楼，住的是这一届学生里的一多半男生，毕业典礼前夜，整整一栋宿舍楼的玻璃全部被砸碎了！现在，这届学生大多已成为社会骨干了，我不知道别人怎么样，我自己想起这件事，总是一则以愧，一则以感。愧的是五年本科的末尾，纵有千般理由，用这样不堪的方式告别的确太不高明，虽然这事不是我干的，终是集体行为，我也是这满地碎片之一。感的是自始至终，从学校到辅导员，从毕业典礼到班级的最后几次集聚，一句责备甚至埋怨的话都没有，一切都照常进行，伤痕累累的5号楼等到这一届最后一个毕业生离开之后马上被整修一新。二十年过去了，复旦有多好，真的说不上来，老师有多好，这就是例子。在复旦，老师们就这样惯着一届又一届的学生，等学生们做了老师（比如我），又去这样惯自己的学生。

闹腾一阵，到某一天的二十四点，必须走人，那一天也就是毕业季的最后一天。那是个星期天，有好几拨同学离开，有些不走的人就去火车站送行。我从家里出发，和大家不同路。那年月没有手机，连BP机也没有，不知道大部队在哪里，买了张站台票就愣头愣脑地冲进去了。终于发现早到的同学，他们在一辆平板车上坐着，告诉我谁谁已经走了，接下来轮到谁谁。于是就挨着他们坐下来。没有想象中的泪雨纷飞，但有几个女生已经眼圈红红了。

这时候，一个男生开始唱《闪亮的日子》："我来唱一首歌，古老的那首歌，我轻轻地唱，你慢慢地和……"站台的大喇叭里，一辆一辆列车招呼发车，一个一个同学跳下平板车，挥手离开。

9011就这么散了。同学中的大多数，二十年来一直有联系，也有几位，从此少年游成江湖行，再也没有见过面。

2015.6.1 悉尼

东区十二时辰

复旦大学的邯郸校区是一片四四方方坐北朝南的庞大区域，最东头的围墙外是国定路，从国定路的一扇小门（那时候是小门）出去，过了马路，就是东区。

我们进校前，中文系的男生也住在东区。1991年4月，学长朱刚毕业的时候，在系报《锤文》上写："只有书架上的酒瓶没有遗憾。《庄子》曰：醉者神全。被《列子》抄袭了，被刘伶实践了，被渊明带入桃源，从15号楼吐到3号楼。"15号楼就在东区，所以之前学长是住在东区的。这些文采飞扬的句子当即随一张油印小报传递到南昌，在军训中的准一年生中荡起巨大的涟漪。谁也没有想到，不久以后，我们也住到了东区。更没有想到，朱刚学长多年之后成了我们班的女生家属。

我们进校后，东区就只准住女生了。不要说男生进不去，男老师和家长也需要经过一些繁琐的手续才能进去。东区一共有四幢宿舍楼，毛估估大概住了两三千个女生吧。两三千人和外界的通讯，全部依靠门房间里的三台传呼电话。门房阿姨接了谁的电话，谁寝室里门边的对讲机就会吱吱嘎嘎乱响一阵，随后传来阿姨中气十足的声音："419，某某某，电话！"（419是我住的寝室，拿来举例子。）这时，就会有个女孩子大喊一声："来了！"离弦箭一样蹿下楼去。如果这个某某某不在，寝室里会有人对着门口大声说："不在！"对讲机就又吱吱嘎嘎一阵，不响了。

那也还是全体依赖生活委员的时代，每天两次，每个人嗷嗷待哺地等着生活委员从6号楼那个真的叫"9011"的信箱里取了信和字条过来分发。收到一封盼望已久的信，可以美上好几天。

1

东区的一天是从早上六点钟窗外高音喇叭里的校园广播开始的，就是现在只有农村题材的电影里才能看到的那种大喇叭广播，早晨一次，午间一次，傍晚一次，不由分说地准时响起。直到现在，复旦校园里还延续着这个传统，当然喇叭已换成了先进的扩音设备。

"飘来飘去，就这么飘来飘去……"有很长一段日子，每天早上，高音喇叭里都会播出罗大佑颓废的徒劳的抗议，这不知所谓的晦暗歌声也就这样渗入了上世纪90年代校园的最初记忆里。

起床之后是晨跑，要求从东区出发，跑到学校大门，大概一千五百米的路程。那时候没有各种先进的电子设备，可怜的辅导员雷打不动地等在校门口给参加体锻的学生盖章。出东区不远有个9路公交车站，坐一站路下来刚好到晨跑的终点，起床晚了或者特别不愿意动的女生就索性坐一站电车去校门口打卡。不知谁第一个想到这个偷懒的办法，大家群起而效仿，不料没过几天就被学校主管体锻的老师堵在车站上，偷懒失败，回去重跑。

后来，一个会篆刻的男生找了块橡皮，仿照辅导员的印章，刻上辅导员的名字，蘸了印泥，自己盖满记录体锻的小簿子，还借给要好的同学盖，竟也始终平安无事。当时都觉得是刚留校教书的年轻辅导员傻，好骗，后来才恍然大悟是老师人太好，虽然自己一大清早需要去校门口"站岗"，却也想让学生们多睡会儿懒觉。这位为人忠厚的辅导员勤勤恳恳地带了我们四年，又一路在事业上突飞猛进，获得了非常了不起的学术成就，却在五十六岁的年纪患了不治之症，早早地远离这个他爱的世界而去了。

2

和主校区一样，东区也是一个四四方方的区域，当然要小很多。13、14、15、16 四幢宿舍楼，四大金刚一样排列在两边；"C 位"上是东区的圣地：东区食堂。

其实"C 位"是个两层的小楼，二楼是小图书馆，一楼才是食堂。本来和复旦的其他几大食堂一样，它并没有什么吸引人的菜品，一天三顿填饱肚子而已。但因为它在东区里面，不出宿舍大门就能吃到饭，所以还是很受欢迎的。更有吸引力的是，它不光是个食堂，不开饭的时候，它还是自习室，晚上一直亮灯到深夜。不愿意出外自习，又不想在寝室里浪费时间的同学，课余时间往往会首选到东食看书学习。

更何况东食楼上还有个图书馆，或者说阅览室。这里的书是只能看，不能借走的。虽说不能借出来，但一般也没有什么人借这里的书看。都是一些年代久远无人问津的旧书，占据了几个书架而已。大家去东区图书馆都是贪图它离宿舍近，并且没有楼下饭堂里的油烟味，座位也舒适。书架上的书太破了也有好处，它们完全不会让坐在那儿学习的同学分心。于是一到晚上，这里总会人满为患。白天它也开放，没有课又不想去四处找教室的同学也会到这里来学习。我的同学岩炜就在这个地方，一边插着耳机，一边在空白的小本本上写啊写，居然码出了好几万字，两个中篇登在了《收获》杂志上，大四就成了一个真正的作家。

3

上世纪 90 年代初，物质已经有点丰富，精神生活也随之日渐精致起来。对每个初尝独立滋味的孩子来说，walkman 因此就特别重要。一台 walkman 就是一个世界。插上耳机，就隔绝开一个人和一切你不愿意及时回应的声音。同一寝室的室友，可以是共用一副耳机同进同出的闺密，也可以是永远不在一个频道上的陌路人。

现在的人，手机就像长在手上，一分一秒都离不开；那时的我们，耳机就像长在耳朵上，恨不得上课也不摘下来。东区的女生，比较有钱的，会时不时跑去音乐书店买来各色各样花花绿绿的磁带，填满自己的这一块声音空间；手头比较拮据的，也会去三教的电化室，以学外语的名义，拿蹩脚的简装空白盒带去拷满 Yesteday Once More、Country Road……这样的英文歌曲。五角钱拷一盒，听到烂熟才会听坏。打开 walkman，插上耳机，这些美妙的声响瞬间弥漫进各人的身心，除了那个与你分享过耳机的闺密，与任何其他人无关。

也有一个寝室六个人共享声音记忆的时候，那便是每天中午十二点半。每到这个时候，回到寝室里休息的同学，总会有一人打开一台迷你收音机，拔掉耳机，全寝室就充满了

《小说连续广播》的演播员那魅惑人心的声音。现在想来,《穆斯林的葬礼》不是一部完美的小说,但那时候,大概因为讲的是文科女生的家族和感情经历,楚雁潮和韩新月的凄美爱情故事听得女生们如醉如痴,神魂颠倒,每天白天听、晚上听(晚上熄灯后有一次重播),大有集体中毒之态。

还有一次共同的声音经验是1993年9月的一天。那天,北京时间半夜里宣布2000年奥运会申办城市的投票结果,当时是北京和悉尼争夺主办权。凌晨两点多钟,寝室里静悄悄的,但谁也没有睡着。桌子上,一台小收音机在絮絮叨叨地直播投票。"……悉尼,是悉尼。"杨澜满是失望和疲惫的语声从地球远端传来。不知是谁啪的一声关掉了收音机,谁都没有说话,大家各自翻了个身,算是把这一夜的失落掀了过去。

4

东区每晚十点准时熄灯,然后各宿舍楼大门上锁,再晚归的女生需要在阿姨那里登记。每到这个时候,东区铁门内外就会挤满难舍难分的情侣,上演一出出从现在这个年龄看过去显得十分夸张的爱情短剧。同时,从自习室缓缓归的"单身狗"们则纷纷从一对对情侣身边目不斜视地飘过。

这就要说到非常难忘的一天。

那应该是1992年5月的一个夜晚。恰是晚上十点钟不到的光景,国定路上照旧熙来攘往,卖小吃的一众摊贩都还没有散去,背着书包的、塞着耳机揣着walkman的、用锅碗瓢盆端着点心的、挽着男朋友情话缠绵的女孩子们把东区铁门前窄窄的国定路堵得水泄不通。渐渐地,这常态的喧嚣又随着东区的四幢宿舍楼关门落闩、女生们熄灯安寝而安静下来。

恰是午夜时分。正当整个东区在初夏夜晚闷热的空气里沉沉睡去的时候,如同一声炸雷,突然,从东区北墙外的政通路上,喷薄出来一片遒劲有力的歌声:"我曾经问个不休,你何时跟我走,可你却总是笑我,一无所有……"这歌声是如此肆无忌惮,热烈懵懂,相信那一晚听到过它的东区女生都会过耳难忘。我现在想到那个奇妙的夜晚,那一片来自毕业生的无拘束、无修饰、无畏惧,亦无悔意的歌声,就像电视里经常说的那样,"歌声穿过三十年",这歌声就这样无忧无惧地一直回响到现在。

当年的《锺文》小报里,室友飞雪是这样记述的:

粗喉咙细喉咙、高嗓门低嗓门,在外面全然消融着它们的差别,不拘一格又齐齐整整热辣辣地扑上来。刹那间,我仿佛是行走在一望无边又无遮无拦的荒原上的旅人碰上了劈头盖脸的暴雨,无处可躲亦无须躲藏,一任雨点砸在头上鼻子上手上脚上。"噢……你何时跟我走……"……我几乎按捺不住飞奔出去这就跟他们走的念头!

始终不知道是不是真的有人飞奔出去跟他们走了,然而这20世纪80年代文化生活的"蛮性的遗留",也顺便铭刻进了90年代初的校园记忆里。

2019.7.19

毕业季，往事如昨

我关注毕业班已经有好几年了，往年一直是看他们的BBS，这次参加了04中文的毕业聚餐，亲身感知了一下，顺便勾起了很多回忆。

其实每年的毕业季都差不多，醉酒滔天，歌哭歌笑，至少从我们那时候就已经无师自通地这样了。眼前是青春招摇的可爱的孩子们，突然又幻化出自己不可追挽的青葱岁月和如风往事。

那是1995年的夏天，我其实已经读了一年研究生，这当中的原因可能需要另写一篇长文才能说清楚了。反正，我的同班同学是在那年夏天各奔东西的，我也就折回去参加他们的各种活动，包括最后的最后毫无章法的通宵打牌。虽然我到现在还没学会打牌，但是大家都在打牌，"笑话真是精彩，怎么好意思一个人走开……"

毕业聚餐是在邯郸路上的一个小饭店。现在这个饭店已经没有了。很小的饭店，底楼放四张桌子，我们全班四十人不到，加上辅导员、系领导、几位老师，把小饭店挤得满满当当、热气蒸腾。当时吃的什么已经完全不记得了，当中怎么吐的现在却还历历在目，但是吐完之后也就清醒了，又回去喝酒，席散后自己慢慢走回南区，写了很长的日记。据说我的好友是让两个男生架回去的。我现在翻出来这篇日记，1995年6月27日，整整十三年过去了。

90中文，人虽不多，却出了两位作家，都是传说中的70后女作家的代表人物。一位是我的好友李岩炜，大三那年就在《收获》发了两部中篇。她有时候文思来了就不去上课，一个人躲在东区食堂楼上的图书馆里写小说，写了一段，晚上就拿给我们看。那时还没有电脑，她是写在一本空白的小本子里的，小小的字歪歪着，所有的"的"字她都写成日文假名"の"。后来又眼见着这些歪歪的小小的字变成铅字，全班轮着看。虽然从进校那天辅导员就一遍一遍强调"中文系不是培养作家的"——很久的很久以后我才知道这句话不是他的原创——但是李岩炜的成功还是让大家艳羡。现在想来，她还是非常了不起。不管是在小有成就的当时，还是在默默无闻的现在。她毕业后几乎一直维持着当年逃课写小说的状态，至今没有找工作，在家里写呀写，也出了几本书。

另一位作家就是大名鼎鼎的卫慧了。她是我的寝室长。从中文系走出的各界人士里，她是少有的名字进入各种输入法词库的人之一。但是我们都不记得卫慧读书的时候写过什么了。我只记得毕业那会儿我回寝室闲谈，她给我看她发表在校园小报里的一篇小小说，并且说她想在写作上发展。多年以后，我在南区后面的小书店里看到一本薄薄的小书，封面上印着她的照片。那时，恍然间想起她毕业时说过的话，于是买下这本书。这本书后来引起了不小的轰动，卫慧也成为一位争议作家。但是，对我们来说，她只是个在毕业之后短短的几年里就兑现了自己离开时候的诺言的同学。哪怕仅止于此，我们也应当祝贺她，祝福她。

我们班的男生中出过很多校园诗人，都是诗社的风云人物。其中一位从计算机系留了一级转系过来，心不可谓不诚。现在他也是成功人士了。在他们周边，有几位外系的和作家班的诗歌爱好者，其中一位还混在我们班同学中间拍了毕业照。我那时候离他们很远，从来不知道他们写过什么。还是前年，我在书店看到一套十二本的《复旦诗派诗人诗集》（如此拗口的名字，大概只有不拘一格的诗人们才想得出来吧），才第一次看到90中文的几个男生年轻时的诗作。这么多年过去，大家各自散去了，青春也随风而逝了，只有诗留了下来。这也是在复旦读中文一场的题中应有之义吧？

这首歌是90中文每个人真心喜爱的，从入学之初在卡拉

OK 举行第一次全班活动,到毕业十周年聚会大家再次唱起,其间发生了多少故事呵——

  我来唱一首歌／古老的那首歌／我轻轻地唱／你慢慢地和

  是否你还记得／过去的梦想／那充满希望灿烂的岁月

  你我为了理想／历尽了艰苦／我们曾经哭泣／也曾共同欢笑

  但愿你会记得／永远地记着／我们曾经拥有闪亮的日子

(罗大佑《闪亮的日子》)

"你我为了理想,历尽了艰苦",多年以来,每次听到这里,都会热泪盈眶。我总是自作多情地觉得我们是有过理想的最后的人类。但是,既然走到了四十岁的门槛前,大多数也已经结婚生子,少数几位甚至做过二度新人,这个时候再来谈理想不免有点像痴人说梦。刚才在儿子的课堂外看老六的《记忆碎片2.0》,在《后记2.0》的最后,他引用了自己的几句话:"……在污浊喧嚣的人行道上,我看着行色匆匆的人流,阳光洒在大家的身上,那一张张神色劳顿、紧张局促的脸，我融入其中，体味到生活的全部诗意和梦想。"

这样的话，身处这个全新的毕业季的孩子们也许无法理解，那就暂时不要理解吧。

2008.6.26 凌晨

我的南区

松花江路是一条很长的马路，而且迤迤逦逦，欲断还连的，让你总也搞不清它从哪儿来，要到哪儿去。松花江路2500号就在这条路的一端。它北临车水马龙的邯郸路，西接市声喧哗的运光新村。但是它安静极了，世外桃源似的在这片喧嚣里孤芳自赏。

松花江路2500号是复旦南区的南门。我读书的时候，复旦还没有北区，东区住女生，南区住研究生。那时候，研究生还是不太多的。不管是谁，从南区的宿管科领到了钥匙，都会平白地觉得自己比别人要高出来一个头，走路也开始往高处和远处看，仿佛整个人生都将因为这住在复旦南区的三年而与众不同起来。

那时候，复旦有很多不好好走路的人，南区尤多，最多的是那些读书读恍惚了走路飘飘摇摇的，或志得意满、走路趾高气扬的。在这些人当中，有一个低头走了六年，走路从不看人的人，那就是我。

我住在25号楼的六楼。那时候有个传说，学校有钱的那些系，什么经济系、管理系，都有办法让学生住好的楼层，挑剩下来的楼层，就给没钱的系住。不知道这传说是否有根据，不过中文系的研究生十有八九，不是住在六楼，就是住在一楼，倒是确实的。

六楼是顶楼，冬冷夏热，住过的都知道，那滋味可真是不太好受。刚到南区那几年还没装201电话，更不用提BP机什么的了，要去找个什么人，通知个什么事，便要从这个六楼爬到那个六楼，这样连爬几个六楼，就要气喘吁吁、魂不附体了！六楼也有好处，就是有个大平台。秋天的晚上，不想下楼锻炼身体（因为还要爬六楼上来），可以从楼道的小窗钻出去，到平台上伸伸腰、踢踢腿，呼吸一点寒夜的清新空气。每晚十点多，你都能听到从隔了一个大操场的某幢楼传来的小号声。那是住在另一个六楼的中文系男生，在他们的平台上雷打不动地练习小号。南区的人睡得晚，没有人会介意深更半夜有人在楼顶吹号，吹得非常难听并且整个南区都能听见。

要说顶楼平台有什么不好，就是作垂直落体运动太容易了……读书读到研究生，不说呆，总归和真实的红尘隔了一层，更多地会且只会在云端看人生；要命的是，看上去长大了，其实大多数也就大学刚刚毕业，二十出头的年纪，遭遇到一点不顺心，便天塌地陷一般。那时候有一首王菲的歌这么唱："你眉头开了／所以我笑了／你眼睛红了／我的天灰了……"南区的旷男怨女面对人生突如其来的坎坷，也会像王菲面对女儿无来由的哀喜一样不知所措。是，也许撑一撑，明天的阳光照进寝室的窗，一切又都明媚起来了。但是有些人就是不愿意等了，他们会选择一头栽下去，栽下去……

南区的生活总的来说是散淡的。中文系的学生，每个人从住进南区的第一天起，就开始应付一篇需要写三年的论文。这几乎是三年里唯一需要做的事。我刚到南区的时候，几乎没人有电脑，人人书桌上摊着一堆稿纸。那稿纸也许过一天，一周，甚至一个月，上面也不会多出一个字；也许两三天的工夫，就会多出一两万字。有个男生在书桌上贴了"勇猛精进"四个字。有人便打趣：某某在桌子上贴了"勇猛精进"，乍一看，以为是"生猛海鲜"！于是哄堂大笑。但说的人，听的人，大笑的人，每个人都会同时在心里咯噔一下，因为自己的心里其实也都有这样四个字。停滞的日子，看上去无所事事的日子，也可能是最辛苦的日子。熬过去了，思路就理顺了，也就像戴望舒说的，梦就开出姣妍的花来了。

总的来说，过的是穷日子。如果不是委培生，一个月国家能给几十块钱，自然是到手没几天就用光了。等到津贴花完了，爸妈给的钱花完了，教留学生说汉语赚的几个小钱也花完了，也许会从书架上抽几本永远不会再看的书去国权路口的旧书店换几个钱，把这个月挨过去。这样的事往往发生在买书超支的时候。委培生（就是单位委托培养的研究生）就不一样了，人家有工资的，我们会找各种理由时不时"敲诈"他们一顿，他们因为略年长于我们，也乐于被"敲诈"。有一次是和一位同学赌我能不能在一百秒之内挖通一局"地雷"。挖通之后，大家兴高采烈地一起去五角场吃了一顿西安面点。

虽然穷，但是开心。谓之穷开心。每个人都有很少的钱和很多的自由。那三年或六年的南区时光，好像永远也过不完。日复一日，当清晨的阳光透进窗棂，书桌上的稿纸一点一点被填满，桌上、床上、架子上的书慢慢垒高，都令人心生淡淡的喜悦。偶尔，深夜伏案，对着空白的稿纸发呆，walkman 里不知在放什么音乐，操场对面的小号声如期飘来，突然有人敲门，是个男闺密半夜邀酒，就去了。两人饮了六瓶啤酒，说了一堆言不及义的废话，痛快了。脚步跟跄地回到宿舍，桌上仍是空白的稿纸。管它，反正还有明天。于是又度过了完美的一天。

我导师是个有趣的人，治学之余，学西洋画、国画、练习冬泳、学唱京戏，曾经在大冬天里穿着短裤到南区的宿舍，爬上一个一个的六楼，邀请学生们去看他游泳，当时他把裹着厚棉衣、手捧热水袋还在哆嗦的女生们都惊着了。他给我手书了一幅钢笔字："不为无聊之事，何以遣有涯之生。"我一直留着。好吧，我要说的是，我的做事拖拉、喜欢开小差、贪玩、专业不精的不良性情，有一些就是导师惯出来的。中文系的导师们好像很少有逼着学生非做什么事不可的，至少在我读书的时候是那样。这些年来，看到越来越多的人用"自由而无用"来形容复旦人，我觉得这句话多少有点道理。这也是让母校惯的。老师们一直这样惯着一届又一届的学生，等学生们做了老师（比如我），又去这样惯自己的学生。

我在南区25号楼602住满了六年，就滚去11宿舍做老师。又过了几年，北区建起来，研究生搬去北区，南区改建成本科生宿舍，我的南区便如梦一样消逝了。

"同学们年轻时要写诗啊"

1994年初夏的一天，我跟陈鸣树先生约了去家里拜见他，那时我已定下直升读研，但还没有定导师。我去找他，就是想问他是否可以做我导师。

说来，我是先读了《文艺学方法概论》，后认识陈先生的。我至今记得在人民广场的上海图书馆（就是后来的上海美术馆，现在是什么已经不太清楚了）的旧书店里见到此书时候惊艳的心情，然后就赶上了那年的名师开基础课的活动，退了一门选修课，去旁听了一学期陈先生给93级中文系开的中国现代文学史课，从此一心想跟陈师求学。

天下着小雨。我早到了半个小时，就打着伞，绕着陈先生住的小区，默默地走了半个小时，然后掐着钟点去揿他家门铃。

那天聊了些什么已经不太记得，大致上是我被他家一堵墙的书柜震住了，他呢，看了我交给他看的几篇散文，表示满意。于是，从那天起，我就成为他的学生。到今天他匆匆离去，已经整整二十年了。

这二十年里，光读书就是五年半，每周至少要去先生家里一次，也便再不惶惶然了，渐渐地，熟得就像自己家里一样。

关于陈先生的过往，有些是听他自己说的，有些是听师母说的，有些是从老师同学们那里有一句没一句听来的。大致知道陈先生是苏州人，在一个富户人家长大，据说宅子就在山塘街；知道他十几岁的时候做过警察——"有枪！"他自己说的——后来，就像很多励志故事说的那样，因为热爱文学，开始创作，离开了警察队伍；知道他曾经的最辉煌的成就就是1955年考上了南开大学李何林先生的副博士，然后在文学评论之路上高歌猛进。对于学习中国现代文学的研究生，最神圣的刊物莫过于《新文学史料》了，至少在上个世纪，在《新文学史料》里登载的那些文章里出现过的名字，无一不是可以进入文学史的神一样的存在。所以，当有一天我在《新文学史料》的一篇回忆文章里，看到有人回忆20世纪60年代的一件什么事情，赫然提到"陈鸣树如何如何"的时候，不由得惊叹了。就像其他老一辈的文人一样，陈先生也喜欢在墙上挂一些名人字画，他的书房里最醒目的一幅字是郭绍虞先生写给他的，而躲在大书柜的旁边，访客不会马上留意到，但他自己坐在写字台前却能时刻看到的另一幅字，则是茅盾先生的亲笔书信。我自己开始教书后，常常对学生说，中国现代文学本身也许成就并不高，但它是我们接触和研究的所有的文学形态当中离我们最近的一种，几乎如空气一样无所不在，每当我这样说的时候，我都会想到陈先生书房里那幅小小的，不起眼的，却是来自《子夜》作者的信笺。这文物二十年来常常能见到，读书的时候更是几乎每周都能见到，它的精神力量是传递于无形的。于我如是，我想，于陈先生，更如是。

现在想来，陈先生应该算是比较典型的吴门才子，他最喜欢说的一句话是，做人要严谨，为文须放荡。有很多年，他迷上了研究"智慧学"，不仅研究鲁迅的"智慧学"，还研究写论文的"智慧学"，这不仅体现于他晚年的力作《文艺学方法概论》（后更名为《文艺学方法论》修订再版），也体现于他身体力行的写作和对我们的教诲中。我想同门师兄弟姐妹应该都能对他所说的资料之实证性和思维之超越性的二元统一如数家珍吧。我在陈门求学五年半，印象最深的是两件事。一件是我读硕士一年级的时候，陈先生要求我每天雷打不动去图书馆看《新青年》，他经常会去抽查，看我在不在，以及有没有在签到卡上签到；再一件是我读博士二年级的时候，陈先生给我们几个学生开了一门《小逻辑》的课，每周一次，死读《小逻辑》。现在想来，这两件事情便是陈先生对"资料之实证性和思维之超越性"如何能够真正发挥作用的实验了吧？至于我自己，虽然没有学到此所谓"智慧学"的菁华之万一，却也学会了老实看书，认真思考，也体会到虽然理论是灰色的，然而生命之树长青的壶奥。

今天在新浪微博看到一句悼念陈先生的话："还记得他说同学们年轻时要写诗啊，以后想写也写不出来的。"我连忙把它抄下来，这太像陈先生说的了。

再过多少年，陈鸣树也许只是个名字，但至少著述还在，星斗其文，这是可以想见的；然而再过多少年，不，不用再过多少年，哪怕是现在，我敢保证，你再也看不到这样好玩的教授了！

读书的时候，几乎每一个听到我的导师是陈鸣树的同学都会惊叹：就是那位冬天穿短裤的先生啊！有几年，他迷上了冬泳，不但自己游，还带学生去游——作为运动盲，我自然是不去的，然而不断看到一个个师兄师姐跟了几天便落荒而逃，而陈先生却勉力地游下去，身体越来越健康。

不但冬泳，他还喜欢显摆，一年四季的"短裤党"啊！甚至有一次在寒冬腊月穿一条西短骑着自行车横穿上海去看王元化先生。于是有了我刚才说的人人知道中文系有一位冬天穿短裤的先生。

可惜，这段无限风光的短裤岁月后来被突如其来的病痛终止了。

"同学们年轻时要写诗啊，以后想写也写不出来的。"我想象着他用浓重的苏州口音说的这句话，潸然泪下。

不再去冬泳之后，陈先生把几乎全部工作外的时间都用来画画了。他画的是那种黑乎乎的山水画，还拜了一位鼎鼎有名的更老的老先生为师。

他的画我真不懂，只知道他自己是十分珍视的。都说画画能调养性情，善画者长寿，但是没有想到他被更严重的病痛打败了。他开始大把地吃止痛药、安眠药。

虽然他曾调侃地写下"不为无聊之事，何以遣有涯之生"，送给我和师弟留念，但他最终未能洒脱。他对人间世有太多执念，无法消解，只能听凭它们和病痛一起噬咬他的身心。

他病虽重，却有两件事情是念念不忘的，一件是催我写论文。"你要写论文啊。"他一次次地这样说！还有一件是买书，看书。今天，鹿鸣书店发悼念微博称："活到老学到老的陈先生，不久前还在本店买过《剑桥中国文学史》《杜甫全集校注》等大部头书，可惜他无法细读了，敬悼！"这一定也不是虚言。他最喜欢逛鹿鸣书店。我一直对他说，你要什么书跟我说，我在网上帮你买，便宜，还送到家，不用你走。他却总是忘记，还是一如既往地去鹿鸣书店。去年夏天住院的时候，床头还摊着大字本《二十四史》的其中两本。他真的是用生命在读书。

今天上午得到噩耗后，我的头脑里就一直闪现着跟从先生求学后这二十年来的这些片断的回忆，思绪每每定格在：再不能在那堵书墙前和他对坐了！便无法再想下去。

所以，把这些事情记录下来，如陈先生最爱的鲁迅《〈淑姿的信〉序》里所说：诚足以分追悼于有情，散余悲于无著者也。

2014.7.18 午夜于悉尼

一直到星星闭上眼睛
——追记我的辅导员戴耀晶老师

我是复旦大学中文系1990级的学生，我们的辅导员是教现代汉语的戴耀晶老师。

因为高考没有考好，我被调剂到了分数线略低的汉语言学专业，但是，我想读的是中国文学专业。于是，本科三年（大四的时候跑去读研究生了），有两年在为转专业和辅导员作不屈不挠的斗争。

戴老师差不多一拿到博士学位就来带我们班了，那年他三十出头，带着新晋博士的昂扬和青涩，说话细声细气的，眼神里却有一种不忧不惧的坚定。而我们班刚刚经历了一年军训，一个个身上既有大一新生的稚气，又有当了一年军校学员后看破红尘的玩世不恭，当时自己不觉得，现在回头想想，不由得为初出茅庐的辅导员捏了一把冷汗。再加上像我这样，还没开始读书就憋着转专业的，简直就是添乱了。

不但是第一次当辅导员，也是刚登讲台不久，戴老师上课，真是有说不出的紧张。紧张的时候，他一边讲课，一边右手会不自觉地把讲台上的粉笔头按照长短排列起来。下课后戴老师走了，我们就围上去看他留在讲台上的一排粉笔头。所以，后来当我听我的学生讲，他们最喜欢听的课，有一门就是戴老师的《现代汉语》，他上课节奏好，条理特别清楚，生动风趣，风度也极佳时，不由得暗暗感到惊奇。他是经过了怎样的努力，才终于蜕变成一位人见人爱的名师的啊。

紧张归紧张，他的课上得还是很不错的，除了课本的知识，他还会讲一些自己的研究成果，新的旧的学术意见，不管大一的我们听得懂听不懂。我一直认为，恰到好处的提升会体现主讲教师对一门课程本身和上这门课的学生的尊重。他做得不算完美，但是很认真地向着完美努力。他命题的期终试卷，最后一题是用我们班同学的名字写繁体字。用现在的话说，是很接地气的题目，无法猜题，也不算难，但完全写对很费脑力，也考验基本功，绝对是用心琢磨出来的优质题。当时，我一心想换专业，觉得《现代汉语》考得好不好无可无不可，但还是很用心地做了试卷。现在，我自己是个中年教师了，评价教学第一年就能取得如此效果的戴老师，觉得他虽然算不上是讲课的天才，却一定是那个对教学的整个过程投入了最大热情的教师。

我们班是个带了 20 世纪 80 年代理想主义余绪的群体，一年军训非但没有把大家的头脑规范得整齐划一，反而给大多数人增添了更多的人生困惑和对秩序的不信任。这很难说是对还是不对，特别对于一群文科生来说，但是增加了管理的难度是一定的。我到现在也不是十分清楚戴老师是怎么把我们这群被命运聚拢的愣头青驯服的，现在我想，当互不服输，且都放纵不羁爱自由的孩子们开始一起出班报、结伴春游、排演话剧的时候，他可能会在家里偷笑吧？

大二下学期，我顺利地转了专业，大三下又直升了研究生，终于不再为读书的事情烦他了。1995 年 6 月，我已在读研，回去送大家毕业，一顿接一顿地吃散伙饭。有一顿是在戴老师家里吃的。他那时候住在第一宿舍（希望我没记错），一家三口两室一厅，空间不够用，把一个阳台封起来给女儿当书房。他家里有些同学常去，有的找他谈心，有的找他签名啊什么，有的结伴去吃饭，有的突然想看电视就去了。我是上海学生，一到礼拜六就雷打不动地回家，所以不大去他家，那回是第二次去。我那天喝得有点多，脸可能有点太红，把他吓坏了，泡了酽茶让我坐在书房里解酒。看我脸色比较正常了，虽然席还未散，大概是怕我再喝，他执意送我回去。就这样，浓浓的夜色里，戴老师推着自行车，我扶着车座，一步步走回南区。到了南区门口，我说你回去吧，大家都还在你家，下面这些路我自己能走，他说，你当心啊，顿了顿又说，以后跟你做同事啊。这话语很温暖，我的酒一下子就全醒了。

后来，我一直在读书，眼看着戴老师在不再需要担任烦人的辅导员工作后，终于可以专心治学，在学问上突飞猛进，一举成为现代汉语语法界的权威人士。等几年后我真的和他做了同事的时候，他已经是教授了。在校园里不期而遇时，他总会问起班里同学的近况。最后一次是去年年初在光华楼的电梯里碰到，他说，在报纸上看到某某同学（我们班长）的任前公示了。

但是不久就传来他得病的消息。去年夏天，戴老师在美国参加国际会议期间突然大量吐血，紧急回国进行肝脏移植手术。听到这个凶讯，同学们都很焦虑，从天南海北凑了一些钱，希望给他补补身体，我和团支部书记受大家委托赶到医院探望。那是一间严格消毒、隔音效果极好的病房。窗外暑气蒸人，屋里却静谧安宁。师母说，医生嘱咐，戴老师不能多说话，就我们说，他听着好了。我们交给他一张凝结了全班现在能联系到的二十多位同学的心意的小卡片，他一个个看着卡片上的名字，苍白的脸上露出笑意。我们一一告诉他，谁现在做了什么，谁要求我们转告什么，他眨着大眼睛静静听着，不时用微笑回应一下，如他当年给我们上课一样认真。告别的时候，我说："你就是太辛苦了，出院之后好好休息,不要再操劳了,我们以后再去你家看你。"

但是,后来我听说,他出院之后马上又开始投入紧张的工作。

但是,没有以后了,肝移植虽然成功,他却因肺部感染导致无法抢救!

9月21日深夜,我们班五位同学赶去中山医院,随即在班级的微信群里失魂落魄地发消息:今晚十二点拔管。

戴老师只年长我们十四五岁,对我们来说,他一直是个温暖如春风的兄长。但那一刻,我们每一个人都体会到子欲养而亲不待的锥心之痛。

一个无比漫长的不眠之夜之后,医院里传来消息,他在凌晨五点多走了。我们的辅导员他走了。大概是上帝看他太劳累,所以接他去开满鲜花的天堂休息了。

所以,他终于可以休息了。

《青春无悔》CD 里的《月亮》是我们在青春岁月里听惯了的,戴老师走后的几天,台风肆虐申城,这首挽歌无数次在我耳畔响起:

一直到星星闭上眼睛
一直到黑夜哄睡了爱情
一直到秋天欲说又远行
一直到忽然间你惊醒

大雨如注风在林梢

海上舟摇楼上帘招

你知道他们终于来到

你是唱挽歌还是祈祷

……

"弹指光阴廿载余，风华犹忆出茅庐。嘉言益我音如昨，善意育人恩不虚。行到中流摧砥柱，悲同子弟哭门闾。一生劳绩盖棺定，留得名山几册书。"这首诗是戴老师去世的当天朱刚写了发给我的，我觉得不但传递了他的心意，也能代表我们全班对戴老师的感念。人已远行，托体同山。铭感。尚飨。

2014.9.24 悉尼

许师道明

大二或者大三的时候,记不太清了,我选了许道明老师开的"京派文学"选修课。

许师的开场白很特别,我记到现在。后来我自己做了老师,每次文学史讲到京派文学的时候,都要对学生复述一遍。

他说:"国内研究京派文学的,两个人最好,一个是北京的吴福辉,再一个就是我。"这是他对我们说的第一句话,一下子就把我震慑住了。

我后来一再对学生提起许师的这个开场白,不仅因为它有趣、豪放、语不惊人死不休,更因为他说的是实情,他有资格这么说。是,在京派文学的研究领域里,他就是最好的。

然后他就开始介绍这门课程涉及的一些基本概念,说着说着突然问:"哪位同学知道刘西渭?"坐在后排的一个男生小声说:"就是李健吾。"他听到了,大喜,说:"你下课之后把姓名学号报给我,这门课你免考了,我直接给你打优!"

许师上课就是这样,经常会出语惊人,但你真的熟悉了文学史,再回顾他的课,会佩服他对作家、作品、思潮、论争的理解都是一流的,也是建立在广读细读各类文本的基础之上的。出语惊人,首先是出于课堂讯息传递的需要。课堂教学,很多时候是带有表演性的,同样的一个课时,一个老师讲的内容如何能最大程度地让学生有印象(先不提消化吸收),对授课效果没有追求的老师是不会考虑这样的问题的,自然也不会"出语惊人"了。但我在复旦求学十年,一共上了许师三门课,我能理解他的苦心。他教给我的不仅是文学史的知识、研究文学的方法,也有如何上课的技巧。

毕业之后,我一直在许师主持的研究室工作,每周都能见面。后来有一段时间,我先是出国教书,回来又生小孩,就很久没有见到他。再见面时,我大吃一惊,他原来很魁梧的身躯突然变得非常消瘦。我说:"许老师,你减肥成功啦?"他呵呵一笑说:"我有糖尿病。"但是,不久就传来他得了恶疾的消息。我去医院看他,我知道他生了什么病,他自己也知道,但是他故作潇洒地说:"是个水肿。"我仓皇地躲闪着他的大眼睛,假笑着说:"水肿不要紧的,很快会好。"

然而许师的生命之火迅速地熄灭了,他五十九岁就离开了这个他爱的人间。

少年路

前不久被各种写了"再见老西门"煽情字样的微信标题刷屏了,很是惊讶了一阵,后来知道是"黄浦区508-514地块",便很快释然了。虽然老西门早就不是老西门了,但是"拆老西门"是要翻天的,既然只是一个黄浦区的数字地块,拆了就拆了吧。再想想,南市区都消逝了十九年了,老西门,其实早就告别过了。

又看到"老周望野眼"公众号里的一篇文章《黄浦少年路,茫茫人间路》,一时心有戚戚焉,零零散散地想起少年时代在少年路边的如烟往事。

弄堂里长大的小孩,起跑线就是弄堂,所以完全没有"赢在起跑线"的概念。那弯弯绕绕、一到春天就开满了夹竹桃的弄堂,那一放学就背着书包散去,女生成群结队去跳橡皮筋、男生三五成群去打康乐球的人间天堂。少年路就是在错落的弄堂接弄堂的老西门边上，各种曲曲折折的弹格路当中一条最不起眼的小路，从路头到路尾不到一百米。这路本来就已经歪歪斜斜先天不足了，穿出路口，迎面又是个小便池，一年到头臭气熏天。

这条小路，现在已经被"边缘化"到改了名字，叫"黄浦少年路"了。验明正身的话，首先你不是少年路，其次你不是南市，什么也不是了。

读小学的时候，少年路上住了教体育的徐老师，黄家阙路住了教英文的马老师，老西门一条什么弄堂穿出去，住了教数学的邵老师。不管老师还是同学，大多住在以学校为圆心，半径绝对不超过两公里的各种石库门老房子里。夏天，不上课的时候，走在这些小马路小弄堂里，经常看到这个老师那个老师赤了膊坐在家门口乘风凉。如果你不想在课后再听到老师唠叨，远远地就会绕路走开，学习比较好的学生（比如我），则会带着父母故意到老师乘凉的家门口过一下，听老师再夸你几句。

但是我是不敢从少年路走的。因为我是个体育学渣啊。渣到什么程度呢？每次体育课课前跑步，从来跟不上队伍。听说以后高考可能要考体育了，又听说体育不合格不能拿学位了，每当听到这样的消息，总要暗自庆幸一下自己生得早啊。

教体育的徐老师个子矮矮，敦敦实实的，浓眉大眼很帅气，就是年纪不大便剃了个光头，所以我老觉得他是个老头。对于我这样的体育学渣来说，他就像个神一样。体格好，什么都会，最神奇的是我们四年级春游，在长风公园走"勇敢者道路"的时候，他勇敢地跳到贮满绿藻的脏兮兮臭烘烘的水里救了个落水的同学上来。那时候的"勇敢者道路"，也真豁得出去，就在满是绿藻、又黑又臭的池塘上方架了四座独木桥，什么防护也没有，让小朋友结队去走，比赛谁走得快。我作为体育学渣，看到那独木桥就两腿发抖，根本没敢去排队。但是我那体育非常好的小闺密上去了，不知怎么脚底一打滑，掉到了池塘里，徐老师二话不说就跳下去了。后来，这事就当然地变成了我们班同学常用不衰的作文素材。

后来的后来，大概在我读大学去看小学班主任的时候，听说徐老师年纪轻轻就去世了。

"望野眼"的老周说："'少年路'的得名，来自民国时代上海老城厢一个少年组织：少年宣讲团。1912年，上海启明小学的学生汪龙超等发起组建少年宣讲团，以宣传爱国思想、改良风俗、普及文化知识为宗旨，组织青年学生利用课余时间上街宣讲，进行社会调查，还开展送医送药等慈善活动。……为表彰少年宣讲团的功绩，沪南工巡捐局于1923年把宣讲团所在的道路命名为'少年路'，以资纪念。"看到这个故实，住在少年路上的急公好义的徐老师，这位我在少年时代又敬又怕的光头叔叔，对他的回忆又模模糊糊地和这条小路的影子重合在了一起，让年近半百的我生出很多感动。

三生有幸

应很少有学生三十年后还能记得初见面时老师的开场白吧,但我们班每个人都记得。这是一种只可意会的缘分,当然首先因为老师的传道之勤、授业之精、语言之美。

那一年,我们十二岁,一起进了大同的校门。开学第一天,语文老师风度翩翩地在黑板上写了一个篆体的"俞"字,说,这是一个会意字,《说文解字》里说,它是船的意思;随后,很帅也很诚恳地表示,自己姓俞,愿意做一艘渡船,渡我们过初中三年的文字之河。

此后的很多日子,我们是坐在这艘渡船里度过的,直到初三开学那天,得知老师被调到高中去了。

那时我们少年懵懂,课间除了打闹嬉戏,未能认真地交流过对人生的种种意见。还是几天前,故友相逢,相约去看俞老师，三十年前的那第一堂中学语文课同时被大家言及，才恍然悟到自己的人生之路确是在不经意间被校准了方向，一切都是从那个"俞"字开始的。我友柏玲现在已是沪上某大报资深编辑，她在微信里说："正是那个'俞'字让我第一次感知到汉字的美和神奇，由此和语言文字解下了不解之缘。"此话深得我心。

老师刚教我们时已经年近不惑，三十年来教过数千学生，当前几日我把同学聚会的合影通过电子邮件发给他时，他竟然一眼认出好几位，认不出的，也能叫出好几位，一一询问近况。如此，令人惊叹的不仅仅是老师的记忆力之强，更是他和我们这个班级的缘分之深了。

去看望他那天，老师精心设计了一堂"不公开的选修课"。"选修课"的第一段是师生对三十年人生的回望，第二段是一张"试卷"引发的讨论和思考，第三段是大家向老师提问，最后师生合影，尽欢而散。"试卷"由九道题目组成，有对中学语文知识的考问，有关于母校生活的回忆，有对我们刚刚走过的四十年人生路的询问。作为大学的文学教师，我常常在课堂里表示对中学语文教学的各种不满，但今天，面对这张考卷，我汗颜了！"能写出《回延安》开头或其中一句吗？"……还真写不出来！自从进中文系读书以后，我就自作聪明地把中学里学过的文学知识扔在脑后了！好吧,《回延安》确实有二十多年没有读过了！今天看到这个题目，蓦然想起的是俞老师当年教我们的朱自清的《背影》里的一句话："我真是太聪明了！"

我给了老师一本小相册，用任曙林的《八十年代中学生》里那幅有名的擦窗照片作为封面，翻开来是四张合影，分别是我们这个班级初一、初二、初三年级的合影和今年再聚时候的合照，配上罗大佑的歌词："遥远的路程昨日的梦以及远去的笑声，再次的见面我们又历经了多少的路程……"照片里，我们从满脸灿烂的阳光少年变成了眉目间流露出沧桑的中年人。眼前，和暖的冬日阳光静静地洒在沙发上这位依然充满活力的老人身上，他还在学习，还在笔耕，还在文艺，潇洒地"舟"游列国，认真地思考人生。他就是那艘辛勤的渡船，我们的俞老师。

京戏里，萧何在月光下追上韩信，气喘吁吁地唱道，千不念，万不念，要念你我是"一见如故，三生有幸"。这几日，这句唱词一直在我耳边徘徊不去。我们在人生最需要文学启蒙的时候和老师一见如故，又把这段师生的情愫延续了整整三十年，实在是三生有幸。在这里，写一个非常俗套但无比真诚的结尾：祝老师身体健康，天天快乐！

辑二

那所破房与两株枣树
——老舍逝世五十年祭

1

前年暑假,我去北京玩,有一天跟朋友约了到国家京剧院转转。他在电话里说,你坐地铁到平安里下车,然后怎么怎么走。

车到平安里,离和朋友约了见面的时间还早,就想在附近转转。作为一个从来不辨东西南北的上海人,我出了地铁口一时间不知该往哪儿走。信马由缰走了几步,一个路牌照亮了一切——小杨家胡同。

上一次到这里还是1994年暑假,那是我第一次去北京。那年我大学毕业,跟着老师跑去长春参加了一个老舍研讨会,再到北京和我爸汇合，我带着我爸，我爸带着钱，在北京转了一个多礼拜，尽兴而回。

那年北京非常热——还是北京的夏天从来就是非常热？想起汪曾祺的《八月骄阳》——那天，我们先到护国寺大街看了梅兰芳故居，再沿着护国寺大街穿到新街口大街，往右拐，找小杨家胡同。这里是老舍的出生地，在老舍的诸多作品里，它有一个更好记更亲切的名字，小羊圈胡同。

在《四世同堂》里，老舍这么描绘小羊圈胡同——

> 祁家的房子坐落在西城护国寺附近的"小羊圈"。说不定，这个地方在当初或者真是个羊圈，因为它不像一般的北平的胡同那样直直的，或略微有一两个弯儿，而是颇像一个葫芦。通到西大街去的是葫芦的嘴和脖子，很细很长，而且很脏。葫芦的嘴是那么窄小，人们若不留心细找，或向邮差打听，便很容易忽略过去。

小羊圈胡同——小杨家胡同，从老舍还没出生前很久，到现在，一直就长这样。你要是沿着胡同西头的新街口大街一直走，不仔细看，很容易忽略了它的入口（葫芦嘴），但是大胆往里走，里面还挺宽敞的，《四世同堂》小说里的三教九流、五行八作就是在这条弯弯曲曲的胡同里你方唱罢我登场，演出了一场场歌哭歌笑的人间悲喜剧。

老舍童年的故家——8号院已经非常破旧了。它和北京所有的待拆的老房没有任何区别：纸痕斑驳的灰色砖墙、破损的红色大门、门框外砖墙上有半副春联，下联贴到上联的位子上了，所以也说不上来那究竟是上联还是下联。只有门梁左侧挂着的门牌号码"小杨家胡同8"默默宣示着这所破院子的身份。老舍小时候，院儿里栽了两棵枣树，后来不知什么时候被伐去一棵，剩下的那棵一直顽强地独自活着。院儿里是住家，不能随便进，枣树的老枝就善解人意地斜伸出墙头，等着和路人合影。我1994年去的时候就和它合过影。但是现在，这棵枣树也已经没有了。

2

刨去大量以北京（北平）为背景的作品，里面必然会写到的北京城的各种民居院落，老舍至少有三部作品是明确以这个小院儿和这条胡同为故事发生地的，它们分别是《小人物自述》《四世同堂》和《正红旗下》。仿佛是命运，这三个作品，《小人物自述》和《正红旗下》都是只开了个头，没有写下去；《四世同堂》倒是写完了，作者却在最后发表的时候遗弃了最后的一些章节。虽然《四世同堂》后来根据英译本强行补齐了结尾，它仍是不完整的。所以，这三部以老舍故家为背景的小说，终于都是残破的。就是这三个残破的作品，构成了老舍一生在不同的生活阶段回望故园的"三部曲"。

老舍生于1899年2月，次年，八国联军入侵。老舍的童年经验和中国近代的屈辱史相重合，加上他本人从二十多岁起一直在外漂泊，"故乡景物"是他生命中最大的挂念，所以，家传成为他的一个顺理成章的备选题材。1944年，老舍的"发小儿"罗常培先生写文章说："十年前他就想拿'拳匪'乱后的北平社会作背景写一部家传性质的历史小说。当时我极力鼓励他，并且替他请当地父老讲述，替他搜集义和团的材料。七年的流亡生活，遂不得不使这个计划停顿了。"这是一条相当有价值的回忆，它告诉我们，老舍在1934年前后就已经开始考虑写家传了。随后，如我们现在看到的，老舍于1937年终于动笔写《小人物自述》，但是才发了个开头就被战争打断了。

不管怎么说，老舍童年的玩伴——那所破房和两棵枣树——终于在他自己的小说里出现了：

> 院里一共有三棵树：南屋外与北屋前是两株枣树，南墙根是一株杏树。两株枣树是非常值得称赞的，当夏初开花的时候，满院都是香的，甜酥酥的那么香，等到长满了叶，它们还会招来几个叫作"花布手巾"的飞虫，红亮的翅儿，上面印着匀妥的黑斑点。极其俊俏。一入秋，我们便有枣子吃了；一直到叶子落净，在枝头上还

发着几个深红的圆珠，在那儿诱惑着老鸦与小姐姐。

写着写着，老舍有点激动地说：

……可是据我看，假若私产都是像我们的那所破房与两株枣树，我倒甘心自居一个保守主义者，因为我们所占有的并不帮助我们脱离贫困，可是它给我们的那点安定确乎能使一草一木都活在我们心里，它至少使我自己像一棵宿根的小草，老固定的有个托身的一块儿土。

虽然长年在外漂泊，然而童年景物时刻在心底浮现，"它给我们的那点安定确乎能使一草一木都活在我们心里"。就是这么挥之不去，就是这么念念不忘。

《小人物自述》的写作被打断后，投身抗战文艺的老舍始终没有好好写过小说，直到《四世同堂》——

祁老人看着新房，满意地叹了口气。到他做过六十整寿，决定退休以后，他的劳作便都放在美化这所院子上。在南墙根，他逐渐地给种上秋海棠，玉簪花，绣球，和虎耳草。院中间，他养着四大盆石榴，两盆夹竹桃，和许多不须费力而能开花的小植物。在南房前面，他还种了两株枣树，一株结的是大白枣，一株结的是甜酸的

"莲蓬子儿"。

整个20世纪50年代，老舍几乎完全是以一个戏剧作家的面貌出现的，转机出现在"广州会议"之后。要万分地感谢老舍的家人，历尽千辛万苦为我们保存了老舍只写了十一章的《正红旗下》残篇，在适当的时候向世界展示了20世纪60年代中国小说本可以达到的高度，也留下了老舍对故园和枣树的最后的念想：

> 我们是最喜爱花木的，可是我们买不起梅花与水仙。我们的院里只有两株歪歪拧拧的枣树，一株在影壁后，一株在南墙根。

就这样，老舍一生的牵挂，被他明白无误地还原为他自己在小羊圈胡同的旧居，甚至旧居的两棵枣树。这是一种深入骨髓的眷念，是老舍本人对于自己持有的文化保守主义的立场的最生动的脚注，它拒绝被拆毁，拒绝被迁徙，拒绝"旅行"的状态，拒绝一切变化，它就是老舍名篇《断魂枪》里神枪沙子龙抚摸着凉滑的枪身，喃喃自语的"不传"二字的本义。

3

残酷的事实是，《正红旗下》恰因了嗣后不久柯庆施提出

"写十三年"的口号而夭折。1963年12月25日,华东地区话剧观摩演出在上海举行。在观摩演出会上,当时的上海市委第一书记柯庆施说:"在我们戏剧界,有些人虽然口头上也赞成文艺为工农兵服务的方向,但是实际上他们不去贯彻执行党的文艺方针,他们对于反映社会主义的现实生活和斗争,十五年来成绩寥寥,不知干了些什么事。他们热衷于资产阶级、封建阶级的戏剧,热衷于提倡洋的东西、古的东西,大演'死人''鬼戏',指责和非议社会主义的戏剧,企图使社会主义的现代剧不能迅速发展。……所有这些,深刻地反映了我们戏剧界、文艺界存在着两条道路、两种方向的斗争。这种两条道路、两种方向的斗争,本质上就是戏剧、文艺为哪一个阶级服务的斗争。"老舍正是在这个时间节点上终止了《正红旗下》的写作,也终止了自己的写作生涯,以"不传"的方式。

虽然历史不容假设,但是有些事情我们还是要说说清楚。《正红旗下》如果写完,将是老舍的一个三部头的系列长篇小说的第一部。

1985年,赵家璧先生在长文《老舍和我》中,披露了老舍1949年归国时的写作计划:

>……他向我详细讲到了他计划回国后准备以北京旧社会为背景的三部长篇历史小说:他的计划是第一部小

说，从八国联军洗劫北京起，写他自己的历史；第二部小说，写旧社会的许多苏州、扬州女子被拐卖到北京来，堕入八大胡同、娼妓火坑的种种悲惨结局；第三部小说，写北京王公贵族、遗老遗少在玩蟋蟀斗蛐蛐中勾心斗角，以及他们如何欺诈压迫下层平民的故事。他信中还说，这三部长篇，可以放在全集的最后部分陆续出版。那将是第二个十卷中的压轴之作，将和第一个十卷中的第一部分《四世同堂》成为《老舍全集》的首尾两套重点著作。

谢和赓回忆，1966年4月末，老舍又谈起当年的这个写作计划，并且说："这三部已有腹稿的书，恐怕永远不能动笔了！我可对您和谢先生说，这三部反映北京旧社会变迁、善恶、悲欢的小说，以后也永远无人能动笔了！……"谢和赓说："老舍先生说到这里，情绪激烈，热泪不禁夺眶而出。王莹也很动感情，两个人相对无言，久久不能开口。我亦默坐一角，感慨万分。"（《老舍最后的作品》）

1966年4月，老舍在《北京文艺》发表了他最后的作品，快板《陈各庄上养猪多》。虽然我一直认为《陈各庄上养猪多》从宣教曲艺的角度看还是有不少可取之处的，但是毕竟和《正红旗下》反差太大了。这个反差，是个人都能看得出来，何况是怀着对自己创作能力满满的自信、对文学本身无限的热爱，写作了一辈子的老舍。老舍说过："文艺决不是我的浮桥，而是我的生命。"(《自遣》)然而，他竟和他的王掌柜一样，在文学之旅上"改良"了大半辈子之后，终于无路可走。

4

光阴荏苒，老舍自沉太平湖已经整整五十年了。五十年间，已经出现了很多写老舍之死的作品，小说、散文、论文、戏剧、音乐……应有尽有。我独爱汪曾祺的《八月骄阳》。

张百顺把螺蛳送回家。回来，那个人还在长椅上坐着，望着湖水。

柳树上知了叫得非常欢势。天越热，它们叫得越欢。赛着叫。整个太平湖全归了它们了。

张百顺回家吃了中午饭。回来，那个人还在椅子上坐着，望着湖水。

粉蝶儿、黄蝴蝶乱飞。忽上，忽下。忽起，忽落。黄蝴蝶，白蝴蝶。白蝴蝶，黄蝴蝶……

天黑了。张百顺要回家了。那人还在椅子上坐着，望着湖水。

蛐蛐、油葫芦叫成一片。还有金铃子。野茉莉散发着一阵一阵的清香。一条大鱼跃出了水面，欸的一声，又没到水里。星星出来了。

1966年8月24日，老舍就这样在太平湖边坐了整整一天。

太平湖离小羊圈不远。我用网上的电子地图查了一下，大概步行半小时能到。

太平湖离老舍母亲的旧居更近。舒乙老师在《父亲最后的两天》里说："太平湖正好位在北京旧城墙外的西北角，和城内的西直门大街西北角的观音庵胡同很近很近，两者几乎是隔着一道城墙、一条护城河而遥遥相对，从地图上看，两者简直就是近在咫尺。观音庵是我祖母晚年的住地，她在这里住了近十年，房子是父亲为她买的，共有十间大北房。"

积水潭也在太平湖的不远处。老舍说过：

面向着积水潭，背后是城墙，坐在石上看水中的小蝌蚪或苇叶上的嫩蜻蜓，我可以快乐地坐一天，心中完全安适，无所求也无可怕，像小儿安睡在摇篮里。（《想北平》）

这么说吧。从小羊圈，到太平湖，老舍走过了67岁的人生，却兜兜转转，没有走出以他出生的那所破房为圆心、四五里地为半径的一个圆圈。老舍在这里出生，在这里读书，在这里当劝学员，从这里出发去面对八方风雨，回到这里给母亲购置了房产，曾经发愿在这里面对着湖水快乐地坐一天，也真的在生命的最后一天面对着这里的湖水沉默地坐了一整天。最后的最后，当喧嚣散尽、夜幕降临，他走入那片湖水，用生命里最后的力气重复《四世同堂》里老实巴交的祁天佑最后的遭遇："很快的，他想起一辈子的事情；很快的，他忘了一切。漂，漂，漂，他将漂到大海里去，自由，清凉，干净，快乐，而且洗净了他胸前的红字。"

五十年就这么过去了，八月骄阳下的北京还是这么热，但是太平湖已经没有了。

小杨家胡同里，那所破房还在，两棵枣树也都没有了。

没有就没有了吧。只要你记得，曾经有个作家叫老舍，他说："我爱咱们的国啊，可是谁爱我呢？"

粉蝶儿、黄蝴蝶乱飞。忽上，忽下。忽起，忽落。黄蝴蝶，白蝴蝶。白蝴蝶，黄蝴蝶……河灯亮起来，一盏，两盏……漂，漂，漂，漂向远方，自由，清凉，干净，快乐。远方，在那无名之地，梦的前方，有一所破房、两株枣树、一片无边伸展的湖面。文艺界尽责的小卒，睡在那里，像小儿安睡在摇篮里。

2016.8

回望《茶馆》

1

我现场看过两次人艺舞台版的《茶馆》，第一次是 1988 年除吴淑昆和童超之外的全原班人马在美琪大戏院演的，第二次是 2000 年林导（林兆华）做的新版，在上海大剧院。

1988 年到 2000 年，从一个龙年到又一个龙年。虽说只有十二年，中国和世界发生了很多事，北京人艺的老人们也在 1992 年演过了最后一场的《茶馆》后，终于在 1999 年交棒给中生代。

在这十二年里，于是之患上了失忆症。尽管慢慢地痛苦地在失去记忆，他还是倔强地与疾病抗争，1994 年还写了长文《老舍先生和他的两出戏》，留下了自己关于《龙须沟》和

《茶馆》的最后的珍贵回忆。同时，他在《人艺之友报》写文章说，希望青年人排出一个完全不一样的《茶馆》。

《茶馆》，虽然在最初排演的时候命运不佳，一上演（1958年）就打入冷宫，复排时（1963年）又被勒令"加红线"，改这改那，完全踩不准适合当时时代的节拍，但是，1979年再次复排后，它迅速获得了当代经典身份的确认，被称为"东方舞台的奇迹"。这迟来的认可和赞誉当然是令人欣慰的。

然而，终于获得了经典地位的《茶馆》，是否真的只有这一种演法？主演于是之显然不这么认为。也许老舍也不这么认为。这要从《茶馆》里只有一个字台词的人物"沈处长"说起。

我们先来看看这个沈处长的所有戏码——

〔门外有汽车停住声，先进来两个宪兵。沈处长进来，穿军便服；高靴，带马刺；手执小鞭。后面跟着二宪兵。

沈处长　（检阅似的，看丁宝、小心眼，看完一个说一声）　好（蒿）！

〔丁宝摆上一把椅子，请沈处长坐。

小刘麻子　报告处长，老裕泰开了六十多年，九城闻名，地点也好，借着这个老字号，作我们的一个据点，一定成功！我打算照旧卖茶，派（指）小丁宝和小心眼作招待。有我在这儿监视着三教九流，各色人等，一定能够得到大量的情报，捉拿共产党！

  沈处长 好（蒿）！

〔丁宝由宪兵手里接过骆驼牌烟，上前献烟；小心眼接过打火机，点烟。

  小刘麻子 后面原来是仓库，货物已由处长都处理了，现在空着。我打算修理一下，中间作小舞厅，两旁布置几间卧室，都带卫生设备。处长清闲的时候，可以来跳跳舞，玩玩牌，喝喝咖啡。天晚了，高兴住下，您就住下。这就算是处长个人的小俱乐部，由我管理，一定要比公馆里洒脱一点，方便一点，热闹一点！

  沈处长 好（蒿）！

  丁宝 处长，我可以请示一下吗？

  沈处长 好（蒿）！

  丁宝 这儿的老掌柜怪可怜的。好不好给他做一身制服，叫他看看门，招呼贵宾们上下汽车？他在这儿几十年了，谁都认识他，简直可以算是老头儿商标！

  沈处长 好（蒿）！传！

  小刘麻子 是！（往后跑）王掌柜！老掌柜！我爸爸的老朋友，老大爷！（入。过一会儿又跑回来）报告处长，他也不是怎么上了吊，吊死啦！

沈处长　　好（蒿）！好（蒿）！

　　随后幕落，全剧终。

　　这是《茶馆》剧本的最后一个场景，五百多字，三个开口的人物，沈处长说了八个"好（蒿）！"一个贪婪、冷漠、傲慢、卑鄙的官僚的形象跃然纸上。出场前，沈处长一直"活"在小刘麻子、小唐铁嘴们的言谈中，他的巧取豪夺终止了裕泰茶馆作为百年老字号的生存可能，终结了忍让、"改良"、谦卑、算计了一辈子却步步落败的王掌柜的性命，也给《茶馆》画上了一个令人哭笑不得的句号。出于当时时代无法容许这个可能会引起爆笑的结尾的考虑，焦菊隐导演把出现沈处长的整个场景大笔一挥删除了，《茶馆》的结尾变成三个老头话沧桑、撒纸钱后，王掌柜捏起搭在椅背上的腰带，缓缓走向后台，背景音是学生游行唱的《团结就是力量》的雄壮歌声，"埋葬三个时代"的主旨就在这光影斑驳、阴阳交错的舞台上完美呈现。

　　然而老舍好像并不认为这个处理是他想要的。1958年5月，就在《茶馆》首演在"大跃进"和"反右"的气氛中默默收场之后，老舍在《剧本》杂志上发表了题为《答复有关〈茶馆〉的几个问题》的文章，他说：

　　　　问：原谅我再问一句：像剧中沈处长，出得台来，只说了几个"好"字，也有生活中的根据吗？

答：有！我看见过不少的国民党的军、政要人，他们的神气颇似"孤哀子"装模作样，一脸的官司。他们不屑与人家握手。而只用冰凉的手指（因为气亏，所以冰凉）摸人家的手一下。他们装腔作势，自命不凡，和同等的人说起下流话来，口若悬河，可是对下级说话就只由口中挤出那么一半个字来，强调个人的高贵身份。是的，那几个"好"字也有根据。没有生活，掌握不了语言。

看，虽然被删，被质疑，但是念念不忘，耿耿于怀，特意解释、强调"那几个'好'字也有根据"！在文学这件事情上，老舍是自负、很顶真的，也是很倔的。

不管怎么说，没有了沈处长的八声刺耳的"蒿"垫底，《茶馆》确实略微和1958年的时代主旋律合拍了一点儿。这部不管从哪个角度看都显得不合时宜的话剧《茶馆》，就这样上演了。在来自剧界的各种评论的声音里，只有李健吾先生说："我们只要听一听沈处长那个终始的'好（蒿）！'，就领会到我们敬爱的剧作者何等深入他的白描。"（《读〈茶馆〉》，《人民文学》1958年1月号）

有了这个事情作为前因，我们也才好理解林版《茶馆》为什么会落败。林版《茶馆》，说是创新，实际上想做的工作还是还原老舍的本意——除了删去"大傻杨"这个串场人物，林版几乎完全还原了被焦、夏（焦菊隐和夏淳）版删去的所有人物和桥段，自然也包括沈处长。在北京演出的效果如何，我没看到，不好说。我记忆犹新的是，当沈处长坐着真的美式吉普车开上上海大剧院的舞台，进茶馆坐定后又滑稽地吐出八个"蒿"的时候，全场笑倒，怎么也停不下来。

随后我们就看到了各种批评的声音，有指责舞美的，有指责音效的，异口同声地，则是指责沈处长。现在还能查到的一个批评意见是："这样处理结尾过于诙谐，破坏了《茶馆》的悲剧意味。"（刘淼：《〈茶馆〉600场背后》，《中国文化报》2010年3月25日）五年后，人艺的《茶馆》排回焦、夏版，《茶馆》就此定型。

基于以上事实的罗列，我们不由得要问：林导这版《茶馆》的落败究竟是创新的代价呢还是还原的代价呢？用现在的话说，这个"过于诙谐"的锅是应该由林导来背呢还是要由老舍来背呢？

2

老舍为什么要写沈处长，为什么要"那样"写沈处长，沈处长的"戏份"究竟是《茶馆》的有机组成部分、合理结尾，还是冗笔，是不和谐音？把这几个问题搞清楚了，我们才能解释老舍为什么非要留着这个结尾不可，他究竟在坚持什么，捍卫什么。

要说清为什么写沈处长，还是先要说一说为什么写《茶馆》。

《茶馆》的写作过程现在已经很清楚了，大致上说就是老舍先写了个通过秦家三兄弟反映现代中国宪政史的话剧，这个剧是为配合宣传人民代表大会制度的，但是北京人艺的一干导演、演员、领导、群众只看中其中写维新运动失败时候裕泰大茶馆的第一幕第二场，在大家的建议之下，老舍心甘情愿地放弃了前稿，写出了现在的《茶馆》。关于这件事，林斤澜于1993年发表在《读书》杂志的《〈茶馆〉前后》提供过一段野史，是这么说的：

> 五十年代是哪几位艺术家，跟老舍说，他的草稿中有一场戏很好，示意照这一场写一个戏。现在说不清这几位是谁？谈话时都有谁谁在场？老舍怎样思考又怎样回答？几十年过去了，作家和导演作古了。
>
> 可是，当年就传出来一句话，这句话不胫而走，到了有心人耳朵里，牢记不忘。确实有过这么句话，老舍听了意见，说：
>
> "那就配合不上了。"

从建国伊始老舍回国开始，《方珍珠》《龙须沟》《青年突击队》……直到此前的《西望长安》,每个剧本都在"配合",但这次,如果放弃"前《茶馆》",便一定"配合不上了"。明知"那就配合不上了",人艺上上下下却无限希望作者重写,作者也非常乐意重写,两厢情愿的"上等婚姻"!《茶馆》应运而生。《茶馆》于 1958 年上演不久马上遭到封存的命运证明了它确实是什么都"配合不上",不但"配合不上",而且完全不搭调,随后老舍就非常"配合"地去写《红大院》了。

《茶馆》发表于 1957 年 7 月,完稿的时间,据张定华口述、辛夷楣执笔的《我所认识的焦菊隐》,征引《北京人艺建院五十周年大事记》的记载:"1956 年 10 月 8 日",老舍采纳了北京人艺的建议,决定推翻"前《茶馆》",写作《茶馆》,"1956 年 12 月 2 日,老舍先生到首都剧场向全体演员朗读了他的新作《茶馆》的第一幕"。这个记录明确了老舍写作《茶馆》的具体时间是 1956 年 10 月 8 日到 12 月 2 日之间。

那么 1956 年 10 月 8 日到 12 月 2 日之间又是什么日子呢?"百花年代"!老舍放弃"前《茶馆》",改写《茶馆》,这个事件本身非常有意思,因为它是能且只能在"百花年代"发生的。

3

如果以陆定一在 1956 年 5 月 26 日作的《百花齐放,百家争鸣》报告为起点,以 1957 年 6 月 8 日《人民日报》发表社论《这是为什么》为终点界定"百花年代",继而考察老舍在"百花年代"的言论,不难发现,在这一年间,老舍思维活跃,发言大胆,反思深刻,作为一个爱国知识分子,他对"双百方针"表示了无条件的热诚拥护。

老舍对文学问题的思考集中在作家是否有可能,以及如何实现自由写作这个敏感问题上,并且以对于幽默讽刺问题和悲剧问题的探讨为突破口。

众所周知,幽默是伴随老舍创作始终的标志性特征,如果从1933年的"返归幽默"(《我怎样写〈离婚〉》)算起,老舍的文学回归和幽默回归总是相偕而至。《离婚》(1933年)、《四世同堂》(1944—1951年)、《茶馆》(1957年)、《正红旗下》残篇(1962年)便是老舍每次重拾幽默之笔的阶段性代表作。

和这一创作现象相关联的首先是幽默写作和自由主义的关系。老舍本人对这个问题有过阐释。他在《"幽默"的危险》中说:"幽默的人,据说,会郑重地去思索,而不会郑重地写出来;他老要嘻嘻哈哈。假若这是真的,幽默写家便只能写实,而不能浪漫。不能浪漫,在这高谈意识正确,与希望革命一下子就能成功的时期,便颇糟心。那意识正确的战士,因为希望革命一下子成功,会把英雄真写成个英雄,从里到外都白热化,一点也不含糊,像块精金。一个幽默的人,反之,从整部人类史中,从全世界上,找不出这么块精金来……"(《"幽默"的危险》)这足以证明老舍对幽默的坚持是对反文学的绝对化的创作思想的直接对抗。

不用说,幽默和讽刺作为笑的艺术有着天然的关联,需要进一步说明的是以幽默讽刺为主要艺术手段的喜剧和悲剧也是从源头上便你中有我、我中有你的"血亲"。这首先是因为,"历来诸家解释可笑的特性,都以为它和美是相关联的,也是相冲突的,都以为它是一种丑陋或缺陷"。[伽瑞特(Carrit)语,转引自朱光潜《文艺心理学》第16章]同是对"丑陋或缺陷"的反映,这构成了喜剧和悲剧的天然关联,鲁迅曾经以文学家的敏感归纳为"悲剧将人生的有价值的东西毁灭给人看,喜剧将那无价值的撕破给人看"。(《再论雷峰塔的倒掉》)而从抗战时期国统区的"暴露与讽刺"论争到解放区对"暴露文学"的口诛笔伐,都是从创作题材和表现手法上对作家"写什么"(不能写什么)和"怎么写"(不能怎么写)作出了干涉和规定,不允许暴露黑暗、写黑暗,这导致了很长的时间段内喜剧和悲剧同时从文学史消失。老舍在建国初的若干年内创作水准下滑和这一困扰密切相关。

1956年,正在老舍写作《西望长安》因无法放胆讽刺而失败之时,"双百方针"的推行给他打了气、鼓了劲。于是我们看到了《什么是幽默》(1956年3月)、《谈讽刺》(1956年7月)、《论悲剧》(1957年3月)这三篇重要文章。这三篇文章构成老舍在"百花年代"关于悲剧和喜剧问题反思的三部曲,也启动了老舍对"自由和作家"问题的又一次终极思考,这一切都为《茶馆》的酝酿和写作作了良好的铺垫。

《什么是幽默》《谈讽刺》《论悲剧》的核心内容可概述为：社会主义社会当中的确有必须通过幽默、讽刺，甚至悲剧的形式揭示的黑暗面。老舍大胆陈言："事实上，我们社会里的该讽刺的人与事的毛病要比作家们所揭发过的还更多更不好。""作家的责任是歌颂光明，揭露黑暗。……拥护我们的社会制度不等于隐瞒某些人某些事的丑恶与不合理。"(《谈讽刺》)"也许有人说：民主生活越多，悲剧就越少，悲剧本身不久即将死亡，何须多事讨论！对，也许是这样。不过，不幸今天在我们的可爱的社会里而仍然发生了悲剧，那岂不更可痛心，更值得一写，使大家受到教育吗？"(《论悲剧》)这里老舍集中思考的问题就是社会主义社会是否可以出现喜剧和悲剧。这个话题历经"左联"、抗战、解放区三个阶段的讨论和争鸣，进入新中国时期的一体化时代后，争论消歇，但是作为作家，疑窦尚在，创作欲望更是无法遏止，所以才有了"百花年代"的旧话重提。这个过程事实上是悲剧和喜剧的生存可能性和中国现当代文学史功至上的文学价值评估体系相与纠缠的过程。

20世纪80年代，关于《茶馆》是悲剧还是喜剧的争论成为老舍研究一个饶有兴味的话题。跳出时代对文学研究的局限，联系老舍20世纪50年代的相关文论再来看这个问题，这个话题显示出更大的趣味性来。首先，当年关于《茶馆》是悲剧抑或喜剧的争论既然存在，可见对《茶馆》的接受有两重性，两重性接受可能的存在证明了《茶馆》本身的复杂性。但是跳出这个复杂性，我们发现，不管"悲剧"还是"喜剧"，都属于建国后"十七年"戏剧创作的禁忌题材。也就是说，无论《茶馆》是悲剧还是喜剧，都是时代的"另类"。这个"另类"的身份是怎么获取的呢？联系本文前述老舍在1956年前后关于悲剧和喜剧（暴露和讽刺）问题的反思，答案就非常显豁了。当然，对于《茶馆》究竟是悲剧还是喜剧，这个问题还可以争论下去，本人是倾向于认为文字版的《茶馆》是喜剧性质，焦、夏舞台版的《茶馆》是悲剧性质的。1940年，老舍留下语丝，也是他对自己的期许："想写一本戏，名曰最悲剧的悲剧，里面充满了无耻的笑声。"（《未成熟的谷粒》）此话可为对《茶馆》是悲剧还是喜剧感兴趣的人士提供解读密钥。

4

老舍写的《茶馆》，由于塑造了庞太监、大小刘麻子、大小唐铁嘴、大小吴祥子、大小宋恩子、大小二德子……（最后，）沈处长，而"充满了无耻的笑声"。这种故意制造不和谐的写法，虽然和老舍当时写作、发表，北京人艺排演《茶馆》的时代极不合拍，但是，与老舍20世纪40年代的一部大制作《四世同堂》非常顺利地接通了（想想看冠晓荷、大赤包、蓝东阳、李空山、胖菊子们的嘴脸）。换句话说，老舍一直想写一个在形式上充满悖谬和错讹，在内核里满是悲凉和苦闷的作品。20世纪30年代，老舍的《猫城记》《离婚》和《骆驼祥子》就是往这个方向努力的，但是被抗战打断了；20世纪40年代，老舍又写《四世同堂》接续这种努力，但是又被新的时代和新的要求打断；《茶馆》和之后的《正红旗下》是再一次——最后——的努力，并且从现有的作品文本看，"最悲剧的悲剧，里面充满了无耻的笑声"，老舍做到了。

所以，有沈处长一声高过一声的"蒿"的那个老舍的结尾，是"充满了无耻的笑声"里的最后一阵令人不寒而栗的笑，是老舍在《我这一辈子》的结尾里说的，"我还笑，笑我这一辈子的聪明本事，笑这出奇不公平的世界，希望等我笑到末一声，这世界就换个样儿吧！"

焦菊隐导演拿走了这个场景，驱逐了这片笑声，不是不懂，而是太懂，他是为这个剧着想，为老舍着想。当然，因此，也因为这个处理，把老舍的本意扭曲了——删去沈处长这一段后，形喜实悲的喜剧《茶馆》就变成了形悲实喜的悲剧《茶馆》。

1999年后的林版《茶馆》的确有很多不尽如人意之处，但是，恢复沈处长，恢复最后的场景，把被时代丢弃的那最"无耻的笑声"找了回来，是它的贡献。我很为这样的设计在21世纪仍然得不到观众的共鸣而难过。是老舍太超前了还是我们太保守了？

如果说1956年老舍采纳北京人艺的朋友们的建议动笔

写《茶馆》是时代赐予他实现文学梦想的一个机缘（对，老舍一直是个有梦想的文学家），那么,《茶馆》上演之后一次次被打入冷宫则是对他的梦想的一次次无情的摧毁。他终于没能看到《茶馆》后来会得到那么隆重的礼遇和肯定，当然更想不到后来终于会有一位导演，把他的沈处长还原到舞台上。

而几年之后，老舍写作《正红旗下》，同样是机缘巧合踌躇满志，同样是怀揣梦想再次出发，却遭遇了更可怕的时代的困境。联系这一系列的前因后果，不由得感觉老舍就是《断魂枪》里身藏绝技无从施展的神枪沙子龙——

> 夜静人稀，沙子龙关好了小门，一气把六十四枪刺下来，而后，拄着枪，望着天上的群星，想起当年在野店荒林的威风。叹一口气，用手指慢慢摸着凉滑的枪身，又微微一笑："不传！不传！"

老舍就这样在一次次的失望之后，和他曾经热心投身于中的新的时代互相抛弃了，如今，他带着自己不灭的文学梦殒身太平湖已经整整五十年。爱《茶馆》的你，告诉我，隔着半个多世纪岁月的烟云回望《茶馆》，老舍的殷切期许你能体会吗？老舍的惆怅落寞你能感知吗？你觉得沈处长是多余的吗？

2016.7 悉尼

猥琐的沈处长还是光明的尾巴
——再谈《茶馆》的结尾

对于老舍《茶馆》原著设计的沈处长结尾在舞台表现的去留问题,我在上一篇《回望〈茶馆〉》里已有说明。因最近看了两部《茶馆》的衍生作品,孟京辉导演的舞台作品《茶馆》(按照戏票上的说法)和李六乙为四川人艺导演的四川话话剧《茶馆》,对这个问题又有了进一步的想法,所以再写一篇文章谈一谈我的意见。

确切地说,这个挥之不去的想法是被川话版《茶馆》激发出来的。川话版《茶馆》是一个非常用心的作品,设计感很强,第一幕的三个夸张的大静场(马五爷:"二德子,你威风啊。"/刘麻子:"大太监!庞总管!"/常四爷:"大清国要完。")深得焦菊隐导演舞台声音设计之精髓,堪称神来之笔。

蒋瑞整理的《排演〈茶馆〉第一幕谈话录》(《焦菊隐文集》第三卷)准确地还原了焦菊隐对《茶馆》第一幕的各种细节处理的思路，其中声音处理的部分，被李六乙川话版《茶馆》继承并发扬了。焦先生说："声音的起伏，要真实自然，但又必须鲜明准确，高低强弱的变化要像交响乐每一段旋律之间的衔接转换一样，因此我们要在嘈杂之中找变化的信号。"李导演定位的这三个静场就是焦先生指出的"变化的信号"。用静场来强调、停顿，来延长叙事时间，起到电影里慢镜头的作用，在这一点上，川话版《茶馆》是很成功的。

如果说，川话版《茶馆》第一、第二幕良好的节奏和旋律之美让我感受到了惊喜，那么它第三幕收尾时候的音乐和伴随着音乐的人物动作设计则实在是让我大跌眼镜，从惊喜转为惊诧了。

怎么说呢，这是一个"红卫兵式"的结尾啊。(此处应该有一个"允悲"的表情。)

川话版《茶馆》演到第三幕尾声，当万籁消歇，人去茶凉，王掌柜上吊自杀，沈处长坐着吉普车来到茶馆，一切都还有据可循。不料此时，康婆婆，小花，一众老师、学生……每个人左臂缠上了红布条，一边高唱《团结就是力量》，一边把堆在墙角的破桌烂椅高高举起，狠狠砸下，沈处长可笑地站在舞台中央，最后说了一声莫名其妙的"蒿"，全剧终。看到这里，我的内心是崩溃的。

众所周知,《茶馆》原著是没有《团结就是力量》的,但是人艺舞台版有,这个歌在人艺的《茶馆》里是作为背景音乐,伴随着一束渐渐亮起的,暗示"天亮"的追光,它们是用来代替沈处长的。《茶馆》1979年演出本表述如下:

……【学生游行队伍中《团结就是力量》的歌声愈来愈强,夹杂着隐隐约约的哀乐声】

〔从王利发捡纸钱起,随着他走过的地方,灯光逐渐暗下去。最后,光只集中在王利发上身和腰带上。当他走进后院时,场上灯光几乎全暗,大门外的阳光逐渐明亮,从门里透进来。

〔幕徐徐闭上。

——剧终

(《〈茶馆〉的舞台艺术》,P.170—171,中国戏剧出版社1983.7第二版)

为什么要用这个设计代替沈处长?因为沈处长从老舍一写出来就被几乎所有的戏剧专家、评论家认为是不和谐的,需要删除的。

这是一个把"光明的尾巴"视为理所当然和金科玉律的时

代。此前，1954年，在修改再版《骆驼祥子》的时候，老舍就真诚地写下满怀愧疚的后记："这是我的十九年前的旧作。在书里，虽然我同情劳苦人民，敬爱他们的好品质，我可是没有给他们找到出路；他们痛苦地活着，委屈地死去。这是因为我只看见了当时社会的黑暗的一面，而没看到革命的光明，不认识革命的真理。当时的图书审查制度的厉害，也使我不得不小心，不敢说穷人应该造反。出书不久，即有劳动人民反映意见：'照书中所说，我们就太苦，太没希望了！'这使我非常惭愧！"（《〈骆驼祥子〉后记》）三年过去了，《茶馆》仍然没有"光明的尾巴"，老舍倒是十分坦然，评论家们急了，他们给《茶馆》剧本开了一个把脉的座谈会，焦点问题就是《茶馆》没有"红线"和"光明的尾巴"，应该怎么办。

这个座谈会的参加者有《茶馆》的导演焦菊隐和夏淳，老舍的好友和文艺界、戏剧界的风云人物赵少侯、陈白尘、林默涵、王瑶、张恨水、李健吾、张光年等。关于沈处长，焦菊隐导演作了一个表态："我们和老舍同志商量了一下。将第三幕的结尾就结在王、秦、常三个人撒纸钱那里。我们觉得这样比原来结束在沈处长的那场戏上好些。沈处长的戏，或者移前一些。"中宣部文艺处处长林默涵以发表个人意见的方式拍了板："结束在撒纸钱的地方，还可以象征着给旧时代送葬。"（《座谈老舍的〈茶馆〉》，《文艺报》1958年第1期）

相比《茶馆》后来遭遇的批评，这个座谈会称得起和风细雨、波澜不惊，但是缺少"红线"和没有"光明的尾巴"，作为当时公认的《茶馆》的两个缺点，却是被正式提出了。仅仅一年之后，就有人气势汹汹地撰文声讨了以沈处长结尾的《茶馆》的一无是处："剧本以特务处长的七个'好'作为结束，更使人感到反动派的'不可一世'。剧中所显示的光明是如此的微弱，希望是这样的渺茫，胜利是多么的遥远呵？"（刘芳泉、徐关禄、刘锡庆等集体写作：《评老舍的〈茶馆〉》，《读书》1959 年第 2 期）

这就是北京人艺舞台版的《茶馆》删除了沈处长并代之以《团结就是力量》的歌声的前因。这个前因是建立在形而上学的艺术教条主义的基础之上的，是有它时代的局限的。并不能说北京人艺的《茶馆》经典版本是这样的，这就是正确的，甚至唯一正确的表现形式。事实上，老舍本人并不认可这个改动，他自己在《收获》之后的两个版本的《茶馆》改定过程中，都没有接纳这种改动。我们现在看到的《茶馆》的最终定稿本，是有沈处长，没有《团结就是力量》的。

在《茶馆》的这个长达两年的修改和定稿的过程中，第一幕按照北京人艺的舞台演出增加了"将！你完啦！"的尾巴；第二幕也根据各种意见强化了住在裕泰茶馆公寓里的"学生"的各种明示、暗示；第三幕却没有听从任何人的意见，也没有根据北京人艺的舞台演出把大家都认为多余的沈处长删掉。不但没有删掉，老舍在《答复有关〈茶馆〉的几个问题》里还特别地对沈处长的问题作了回应——"那几个'好'字也有根据。"

1940年，老舍曾经有个发愿："写一本戏，名曰最悲剧的悲剧，里面充满了无耻的笑声。"(《未成熟的谷粒》，1940年2月5日、9日、14日《新蜀报·蜀道》)《茶馆》从清末唐铁嘴、刘麻子们的无耻嘴脸写起，一鼓作气写到民国末年小唐铁嘴、小刘麻子……横行霸道的混乱世道，这一团乱麻如何收场，需要一个更恬不知耻、更不可一世、更作威作福、更无可救药的丑类殿后，才能成就这"充满了无耻的笑声"的"最悲剧的悲剧"，这个老舍用一生筹划、酝酿的人物，就是沈处长。沈处长的八声"蒿"(很多文章包括前引《评老舍的〈茶馆〉》和李健吾先生的相关发言和文章都说是"七个'好'('蒿')"，那是他们漏数了一个)，正是最有力的讽刺，用最简劲的笔法，从最不和谐处入手，写人间世的最丑恶，在写"最悲剧的悲剧"的路径上，走到了最高处。

由是，沈处长这个在《茶馆》的末尾才出场，面无表情地一连气说了八个"蒿"，看似可有可无的人物，成为六十年《茶馆》演出和改编史的核心问题之一。这个问题，经由川话版《茶馆》的夸大，再一次展开在我们眼前。

比照到川话版为止的七个版本《茶馆》的结尾，我们感到这个问题还是有必要说说清楚，没有对比就没有伤害，对比之下，我们至少可以更明白地理解《茶馆》这个作品本身，这对今后《茶馆》的进一步演绎应当是有益的。

先来看七个《茶馆》的七个结尾，各自是怎么处理的：

1. 老舍原著三个版本都是以沈处长作结。

2. 人艺经典版王利发自杀，《团结就是力量》的歌声渐强（如上引剧本所述）。

3. 谢添电影版王利发自杀，保留前述剧本的亮光，伴着舒缓哀伤的电影音乐。

4. 林兆华1999版恢复沈处长。

5. 何群电视剧版王利发点燃纸钱烧掉茶馆，自己葬身火海，镜头切到大傻杨："妖魔鬼怪气数尽，阴霾的天空要放晴。"

6. 孟京辉版非常刻意的"大转轮"装置，纸片（纸钱的替代品）乱飞。

7. 李六乙川话版《团结就是力量》+沈处长+各类正面人物带着红箍上台砸烂茶馆座椅（"破四旧"？）（如上述）。

客观地说，把孟京辉版列入是不合适的，因为那完全是一个《茶馆》的OOC衍生作品了。但是因为它的出现和川话版在时间上非常接近，所以可以作为参照物，显示现在的导演面对《茶馆》这么一个艺术上的庞然大物时候的共同的窘境。

从以上七个作品的列表我们得到这样几个结论：

首先，没有沈处长的《茶馆》，那魑魅魍魉群魔乱舞的两个小时就没有那最后一下子的最强音了，《茶馆》的喜剧本色（"最悲剧的悲剧，里面充满了无耻的笑声"）也就无法落实。当然，1999 年林兆华版的沈处长是有争议的，但是有争议并不意味着不对，如果演出效果不好，有可能是表演和导演处理有打磨的余地，也有可能是观众接受的问题。这些年《雷雨》演出不也有观众笑场吗？你能说《雷雨》的经典桥段也应该删除吗？再进而言之，满场哄笑不正是"充满了无耻的笑声"的终极体现吗？

其次，刨去沈处长而代之以昂扬的革命音乐，是"反右"年代让《茶馆》获得公演权的权宜之举。《团结就是力量》的歌声和《茶馆》嬉笑怒骂的本性是违和的，所以，20 世纪 80 年代拍电影的时候，谢添导演保留了《茶馆》1979 年第三次复排时候的所有桥段，唯独删去了街上传来的《团结就是力量》的音乐。（说明：这音乐在《茶馆》电影剧本里还有，所以肯定是在影片定稿的时候删除的。参见谢添《茶馆（电影完成台本）》，雪明、云梦编《〈茶馆〉研究——从话剧到电影》，中国电影出版社 2007 年 5 月第一版。）

再次，就要说到"今天"我们怎么演《茶馆》，丰富和升华《茶馆》的内在寓意，不是用华而不实的形式把《茶馆》变成"四不像"，更不是回到给《茶馆》加"红线"和"光明的尾巴"的老路上。在这一点上,电视剧《茶馆》不是很合格,它太市场了,太功利了,但是仅仅说结尾的话,还是可以接受的,毕竟是电视剧嘛,需要视觉效果,表现"大火"比舞台上方便得多,已经在和地下党合作的"大傻杨"(根据电视剧剧情)念出一句数来宝也不显得太矫情。川话版则为了"创新"功亏一篑,把红卫兵式的"破四旧"情节嫁接到《茶馆》的结尾。新颖是新颖了,膈应也是格外的膈应。这些都还是本土最好的导演和团队的作品。现在我把这个问题提出来,不是想说《茶馆》一定要原封不动地照着原来的剧本演,而是说它的精神本质不能丢,用现在时髦的话说,就是你既然做的是《茶馆》,无论如何也要顾虑到老舍写这个话剧的"初心"吧。

2019.2.17

《二马》:"愤青"老舍的异国探险

《二马》是中国新文学比较早的长篇小说创获,1929年发表于《小说月报》。

20世纪20年代的某一天,老马和小马为了继承一个古玩铺子来到伦敦,展开了他们的异国探险。与此同时,这段经历的讲述人老舍,正在进行他自己的异国探险。

老舍是北京人。25岁那年,他离开故乡北京,远渡重洋来到伦敦谋生。在伦敦,他一气待了六年。写作《二马》的1928年,正是老舍在伦敦教书的第五个年头,也是他进行长篇小说写作的第三个年头。对于伦敦,这个一连气待了五年的地方,老舍有槽要吐,有话要说:对于这个傲慢国度的人们对中国人的蔑视,老舍积蓄了太多的愤懑;对同样来自老中国到此地讨生活的同胞们的生活百态,他收藏了太多的感慨。这些愤懑和感慨堆积在一起，混杂在一处，加上老舍的长篇小说写作正在渐入佳境的摸索之中，成就了《二马》这部别样的早期海外华人小说。

这部小说正是以马则仁（老马）和马威（小马）这一对从北京来的父子为主人公展开叙述的。

1

那一年，马威22岁，父亲老马将将50岁，马威的伯父、老马的哥哥故世，给这对父子留下了一个小古玩铺子。老马，这位一百年前的北京"大爷"，就这样粉墨登场了。老马看不起买卖人，又完全不懂怎么做买卖，现在却要做一个古玩铺子的掌柜，加上他对房东温都太太由巴结到暗生情愫，因此竟隔三岔五地从铺子里拿一些"小玩意儿"去给温都太太献殷勤。

二马父子住在温都母女家里。那是一对带着老英国人的傲慢基因的善良母女，她们和当时所有的英国人一样，对中国人心存傲慢与偏见，却看在钱的面子上容留了二马父子，相处的时间长了，发现中国人不但"不吃老鼠"，反而也有那么点儿可爱。

二马父子和温都母女由敌对、别扭到擦出爱的火花，老马和温都太太坠入情网，小马对温都姑娘（玛力小姐）产生无法自拔的单相思。但是在20世纪20年代，英国人和中国人的巨大鸿沟是无法跨越的。父子双双落败。

2

老舍把二马感情失败的原因归结于英国人的种族歧视和中国人的国民性问题。

从两次鸦片战争起世界／英国对中国的歧视是二马父子落败的强外因。老舍在英国教书期间，强烈地感受到这种歧视，并把这种感受写入了《二马》。"二马"来英国的中间人伊牧师就是这样一个地地道道的英国人，老舍说：

> 他（伊牧师）真爱中国人：半夜睡不着的时候，总是祷告上帝快快地叫中国变成英国的属国。他含着热泪告诉上帝：中国人要不叫英国人管起来，这群黄脸黑头发的东西，怎么也升不了天堂！

在这种时时刻刻受到白眼的环境中，"愤青"老舍总结道：

> 在伦敦的中国人，大概可以分作两等，工人和学生。工人多半是住在东伦敦，最给中国人丢脸的中国城。没钱到东方旅行的德国人，法国人，美国人，到伦敦的时候，总要到中国城去看一眼，为是找些写小说，日记，

新闻的材料。中国城并没有什么出奇的地方，住着的工人也没有什么了不得的举动。就是因为那里住着中国人，所以他们要瞧一瞧。就是因为中国是个弱国，所以他们随便给那群勤苦耐劳，在异域找饭吃的华人加上一切的罪名。中国城要是住着二十个中国人，他们的记载上一定是五千；而且这五千黄脸鬼是个个抽大烟，私运军火，害死人把尸首往床底下藏，强奸妇女不问老少，和做一切至少该千刀万剐的事情的。作小说的，写戏剧的，作电影的，描写中国人全根据着这种传说和报告。然后看戏，看电影，念小说的姑娘，老太太，小孩子，和英国皇帝，把这种出乎情理的事牢牢地记在脑子里，于是中国人就变成世界上最阴险，最污浊，最讨厌，最卑鄙的一种两条腿儿的动物！

二十世纪的"人"是与"国家"相对待的：强国的人是"人"，弱国的呢？狗！

中国是个弱国，中国"人"呢？是——！

中国人！你们该睁开眼看一看了，到了该睁眼的时候了！你们该挺挺腰板了，到了挺腰板的时候了！——除非你们愿意永远当狗！

由此我们也看到，老舍把中国人的不争不进，归纳为马威父子落败的强内因。小说里老马的种种表现，无不印证了老舍当时的这一观点。

3

中国人李子荣和英国人凯萨林是老舍给这个难解的痼疾——中英两国人各自存在的民族病症——开出的药方。

李子荣是一个实干的青年,他很早就来到英国,所以习得了英国人办事实事求是的一面,同时又有中国人的勤恳苦干的优点。老舍这样介绍李子荣:"他只看着事情,眼前的事情,眼前的那一丁点事情,不想别的,于是也就没有烦恼。……他的世界里只有工作,没有理想;只有男女,没有爱情;只有物质,没有玄幻;只有颜色,没有艺术!然而他快乐,能快乐的便是豪杰!"这个人物虽然非常脸谱化,但是展示了老舍对能改变中国面貌的理想人格的期许。这是老舍经常写到的一种人物类型。老舍对这样的新人物(《赵子曰》的李景纯、《二马》的李子荣、《黑白李》的白李、《铁牛与病鸭》的王明远、《不成问题的问题》的尤大兴、《四世同堂》的瑞全等)充满了马威式的敬畏,他们像神一样在他的作品里存在着,是老舍心目中的理想新人的形态。在《二马》里,马则仁和李子荣就是旧和新的两极,"愤青"老舍认为,老马的一切都是无知的、落后的、可笑的,而他的对立面李子荣的理念和行为方式则是讲理的、先进的、可敬的。

凯萨林则在一群人云亦云、格局狭小的英国人当中一枝独秀。她尊奉的理念是"和平，自由；打破婚姻，宗教；不要窄狭地爱国；不要贵族式的代议政治"。如果说李子荣是《二马》里理想的中国人，凯萨林就是这部小说里理想的英国人。当然，因为背负了太多的理念，寄托了太多的期许，这两个人物的塑造相对来说也是比较平庸、缺乏生气的。

4

《二马》是老舍早期长篇小说探索的第三个作品，他自己本人对《二马》的写作比较满意。在《我怎样写〈二马〉》这篇文章里，老舍把这部小说的优点归纳为两点，一是"像康拉德那样把故事看成一个球，从任何地方起始它总会滚动的"，这是在小说的写作方法上开始用心琢磨，精心策划；第二点是借用英国人的烹调术，"不假其他材料的帮助，而把肉与蔬菜的原味，真正的香味，烧出来"。由此，老舍立下宏愿："把白话的真正香味烧出来"。

这两个意愿不但让《二马》焕发出了光彩，而且导向了老舍写作之路的正轨。一方面，他越来越在写作本身上精益求精，另一方面他的语言运用日趋成熟，"把白话的真正香味烧出来"成为老舍一生在文学语言上的自我要求。

在《我怎样写〈二马〉》里，老舍说："我试试看：一个洋车夫用自己的言语能否形容一个晚晴或雪景呢?假如他不能的话,让我代他来试试。什么'潺湲'咧,'凄凉'咧,'萧条'咧……我都不用,而用顶俗浅的字另想主意。设若我能这样形容得出呢,那就是本事,反之则宁可不去描写。"我们已经了解到在多年后的《骆驼祥子》里,老舍确实做到了代洋车夫祥子,用"顶俗浅的字"写出他的世界,《二马》是通向这个境界的一次认真的努力。

在幽默写作上,《二马》也能摆脱《老张的哲学》和《赵子曰》的浮浅,把"有趣"融入情境中,又不显生硬。我们来看这一段:

> 其实,马老先生只把话说了半截:他写的是个"美"字,温都太太绣好之后,给钉倒了,看着——美——好像"大王八"三个字,"大"字拿着顶。他笑开了,从到英国还没这么痛快地笑过一回!"啊!真可笑!外国妇女们!脑袋上顶着'大王八',大字还拿着顶!哎哟,可笑!可笑!"一边笑!一边摇头!把笑出来的眼泪全抡出去老远!

这是老马和温都太太一次其乐融融的互动,温都太太把老马给她写的中国字"美"缝在帽子上,玛力得意洋洋地戴着出门去了。但是帽子上的"美"字给缝倒了,在老马眼里,就变成"大王八"三个字,这回轮到老马傲慢一回了,他偷偷地笑出了眼泪。但是这种傲慢的机会是出现在老马(中国人)

无时无刻不被英国人鄙薄、轻视的缝隙中的，老马笑着笑着终于难过起来。就是这样哭着笑，笑着哭，这个小小的无害的错讹，牵出了老马的乡愁。老舍的幽默写作也和他的白话写作一起，步入了正轨。

5

有些文学作品是某一时段、某一地域的风情风貌的活化石。如同村松梢风的《魔都》意外地保留了20世纪20年代的上海风貌，《二马》也意外地保留了20世纪20年代的伦敦风貌。

写作《二马》时，老舍在伦敦已经住了五年。彼时，伦敦正是老舍除了故乡北京之外最熟悉的城市。在二马父子、温都母女、凯萨林、李子荣……他们时时处处留下身影的地方，老舍进行了写实主义的复刻，并加以北京人的幽默调侃。"马威低着头儿往玉石牌楼走。""玉石牌楼"是Marble Arch，大理石拱门。"两个进了猴儿笨大街的一家首饰店。""猴儿笨大街"是Holborn Street，霍尔本大街。如此种种的带有调侃意味的翻译增加了小说的趣味性。

展卷《二马》，随着老马、小马的视点的迁移，如同在这些街衢中穿行。掩卷《二马》，细细地感知百年前伦敦的衣食住行、风花雪月，回放那些欲说还休的华人谋生故事，马威，那个满腔愁闷的中国青年，他究竟要到哪里去呢？

《断魂枪》:"不传!不传!"

《断魂枪》发表于1935年9月22日的《大公报·文艺》,是新旧交叠的20世纪中国社会面临的最重大的问题的一个微小的缩影。

这个重大的问题就是20世纪新旧文化交战的问题,旧的历史、文化、技术、艺术被轰轰烈烈呼啸而来的时代车轮无情地碾碎,"东方的大梦没法子不醒了"。被坚船利炮炸醒的中国千年大梦,就这样浓缩在沙子龙"不传"的枪法里,被这篇《断魂枪》永久地封存。

没有比20世纪对中国传统文化更不友好的时代了,就像沙子龙的那六十四路枪法的遭遇。它先被西方列强的枪炮炸平一遍,再由"五四"一代知识分子鄙薄一遍,又在随后的更尖锐的民族矛盾中被各种功利主义的理念蹂躏一遍,最后,在一个叫作"文化大革命"的年代被彻底地砸烂。我们知道，那一天，在国子监被迫目睹京剧院价值连城的衣箱被焚烧殆尽的次日，老舍本人也奔赴茫茫湖水，从此，再也没有一个热爱中国文化却一生都眼睁睁看着文化传统被锈蚀、摧毁终至万劫不复的满族老人，再在心底里喊出倔强的"不传"的声音。

1

"东方的大梦没法子不醒了。"这是沙子龙，也是老舍，也是 20 世纪的中国人面临的共同的绝境。

一方面，中华民族一直在做"东方的大梦"，一直在自我陶醉，自我沉迷，用鲁迅的话说就是"溃烂之处美如乳酪，红肿之处艳若桃花"，这样的对"僵尸的乐观"的否定是"五四"一代文人共同的话语指向，也是老舍这样的"五四"后第二代文人对"五四"精神的心领神会之处，并由此导向如"国民性"检讨这样的一生持有的创作主题。

另一方面，"东方的大梦"不是自己醒来的，是被西方列强狂轰滥炸之后醒来的：

> ……炮声压下去马来与印度野林中的虎啸。半醒的人们，揉着眼，祷告着祖先与神灵；不大会儿，失去了国土、自由与主权。门外立着不同面色的人，枪口还热

着。他们的长矛毒弩,花蛇斑彩的厚盾,都有什么用呢;连祖先与祖先所信的神明全不灵了啊!龙旗的中国也不再神秘,有了火车呀,穿坟过墓破坏着风水。枣红色多穗的镳旗,绿鲨皮鞘的钢刀,响着串铃的口马,江湖上的智慧与黑话,义气与声名,连沙子龙,他的武艺、事业,都梦似的成昨夜的。今天是火车、快枪,通商与恐怖。听说,有人还要杀下皇帝的头呢!

对此,"五四"第一代文人(如鲁迅、胡适)一方面痛心疾首,另一方面引发了他们长久的"球籍"思虑;"五四"后第二代文人(如老舍、沈从文)则更多地以凭吊的方式展开他们的文化图景渲染。

老舍曾经把自己和自己的同龄人称为"旧时代的弃儿,新时代的伴郎"。(《何容何许人也》,1935年)他说,他们这些人——

> 他们的生年月日就不对:都生在前清末年,现在都在三十五与四十岁之间。礼义廉耻与孝悌忠信,在他们心中还有很大的分量。同时,他们对于新的事情与道理都明白个几成。以前的做人之道弃之可惜,于是对于父母子女根本不敢做什么试验。对以后的文化建设不愿落在人后,可是别人革命可以发财,而他们革命只落个"忆昔当年……"。他们对于一切负着责任:前五百年,

后五百年，全属他们管。可是一切都不管他们，他们是旧时代的弃儿，新时代的伴郎。

作为自己的镜像，老舍塑造了沙子龙（《断魂枪》）、黑李（《黑白李》）、祁天佑（《四世同堂》）这样一批理想的保守主义者的形象。在理智上，老舍知道东方的大梦没法子不醒，但是，出于对本土文化最深厚的感情，他希望守护住沙子龙最后的一点尊严，所以，在小说的最后，

> 夜静人稀，沙子龙关好了小门，一气把六十四枪刺下来；而后，拄着枪，望着天上的群星，想起当年在野店荒林的威风。叹一口气，用手指慢慢摸着凉滑的枪身，又微微一笑，"不传！不传！"

这是老舍在 20 世纪 30 年代通过以《断魂枪》为代表的一系列的作品想表达的一个总体的意思。

2

《断魂枪》有一个后来被删掉的题记：

> 生命是闹着玩，事事显出如此，从前我这么想过，

现在我懂得了。

这个题记来源于英国剧作家约翰·盖伊（John Gay）的墓志铭。老舍为什么借这样一个墓志铭来做《断魂枪》的题记，他希望通过小说《断魂枪》埋葬什么，感慨什么？我认为这个题记传递出来两重的信息。

第一重信息：《断魂枪》的故事显示了一种看破，就是所谓的看破红尘的看破，传递了老舍的虚无感。生命到最后，大家都是一抔黄土，生命是没有意义的，扩展开去看，在更广的意义群上，时代、世界、世象的万端是否确实有意义呢？

第二重信息，老舍通过这个墓志铭透露出一种绝望的情绪。20世纪的现代文明对于中华民族经过几千年发展渐次成形的各种程式、各种传统、各种心理，都有不需论证的强烈的破坏作用，这令老舍悲观失望。这也指向了小说中沙子龙一再说的"不传"二字。

沙子龙说，这个枪法我是不传的，我带着它进棺材，小说最后，在"对影成三人"的孤寂中，沙子龙又一次对着自己的内心，说，"不传"。"不传"二字在全篇一再出现，直到结尾达到高潮。"不传"显示了沙子龙——也是老舍——当时的一种最深的绝望，他希望这个绝技到此为止，因为它已经和以破坏传统为荣耀的新时代完全南辕北辙了，唯一的守护方式就是"不传"。这是一种极端的绝望情绪，和以墓志铭作的"题记"形成了完整的呼应。

3

《断魂枪》是老舍本人的得意之作。他在《我怎样写短篇小说》中说：《断魂枪》是"把十万字的材料写成五千字的一个短篇"，他进而解释道：

> 在《断魂枪》里，我表现了三个人，一桩事。这三个人与这一桩事是我由一大堆材料中选出来的，他们的一切都在我心中想过了许多回，所以他们都能立得住。那件事是我所要在长篇中表现的许多事实之一，所以它很利落。拿这么一件小小的事，联系上三个人，所以全篇是从从容容的，不多不少正合适。这样，材料受了损失，而艺术占了便宜；五千字也许比十万字更好。文艺并非肥猪，块儿越大越好。

怎么用五千字表现这三个人、一桩事，又由这三个人、一桩事表现那么大的时代命题呢？老舍首先用了衬托的手法。王三胜——孙老者——沙子龙，是一个连环套式的层层递进的写法，前一个人作为后一个人的衬托和伏笔出现，每一个人物都有他独特的气场、层阶,和在叙事中的作用。老舍说了,因为他之前"想过了许多回",所以叙事能做到从容不迫。

因为以简约为小说的要旨,所以叙述本身要做到要言不烦,简劲含蓄。这一趋赴通过两种写作方法达成。

一是在写作本身,能白描决不涂染,能俭省决不铺张。所以我们就看到了这段强有力的比武场面,同时既是孙老者的出场,又是孙老者在小说里最精彩的亮相:

> 老头子的黑眼珠更深更小了,像两个香火头,随着面前的枪尖儿转,王三胜忽然觉得不舒服,那俩黑眼珠似乎要把枪尖吸进去!四外已围得风雨不透,大家都觉出老头子确是有威。为躲那对眼睛,王三胜耍了个枪花。老头子的黄胡子一动:"请!"王三胜一扣枪,向前躬步,枪尖奔了老头子的喉头去,枪缨打了一个红旋。老人的身子忽然活展了,将身微偏,让过枪尖,前把一挂,后把撩王三胜的手。拍,拍,两响,王三胜的枪撒了手。场外叫了好。王三胜连脸带胸口全紫了,抄起枪来;一个花子,连枪带人滚了过来,枪尖奔了老人的中部。老头子的眼亮得发着黑光;腿轻轻一屈,下把掩裆,上把打着刚要抽回的枪杆;拍,枪又落在地上。

喜欢听评书的读者一定能感知到这段文字里评书短打书

的影子。这是一段非常精彩的动作描写,用的是先抑后扬的写法,貌不惊人的老人,"小干巴个儿","眼珠可黑得像两口小井,深深地闪着黑光"。就是这对摄人魂魄的眼睛,伴随着干净利落的动作,三下五除二打败了刚才还在耀武扬威的王三胜,把小说的叙事引向又一个高潮。

另一方法则是更高明的"留白"的写法,话不都说出来,留给读者去想、去回味,可以达到言有尽而意无穷的效果。这也是现代白话小说乃至白话文学比较稀缺的素质。

正因为此,沙子龙的"不传!不传"的自语会得到两种截然不同的解读。激进一派认为老舍是在讽刺沙子龙的保守,毕竟浪花淘尽英雄,沙子龙的时代已经过去了,他之前再威风,他的武艺再出众,在新的时代也毫无意义,因此这套枪法,无论他传与不传,同样没有意义。保守一派,比如我,则认为老舍在捍卫沙子龙,这我们在本讲的一开头已经谈过了。之所以出现如此大相径庭的解读,是和老舍本人没有把话说满有关的,事实上也展示了"留白"技巧的魅力。那么我们为什么认为老舍是站在沙子龙的立场上,对他的"不传"惋惜多于讽刺呢?因为老舍同一时期,同一主题,不仅写了《断魂枪》,还写了《老字号》《新韩穆烈德》《黑白李》这样一些小说,传递了同一个思想。

所以我们看到,在这篇突显"新与旧"时代演进的悖论的小说里,老舍十分熟练地化用了他熟悉的中国传统叙事的方法，不论是上述以评书技巧写人物动作的白描法，还是通过激发想象拓展无限空间的留白法，这也能从侧面论证老舍本人在20世纪30年代对中国传统文学有一个创造性利用的过程。

《茶馆》:"最悲的悲剧,充满了无耻的笑声"

《茶馆》于 1957 年 7 月发表于《收获》创刊号,后经过两次修改在 1959 年 9 月收入《老舍剧作选》时定稿。

三幕话剧《茶馆》以掌柜王利发的视角,通过三个时代的横切面描绘裕泰大茶馆的人来人往,展示了从戊戌维新到 20 世纪 40 年代这半个世纪的中国社会风云。

1

《茶馆》第一幕,王利发是个年轻气盛、踌躇满志的掌柜,虽然大清朝气数已尽,裕泰大茶馆却是一派热闹红火,欣欣向荣。经过第一幕清廷没落的惶恐岁月、第二幕军阀混战的混乱年景，到第三幕，抗战虽然胜利，民生却日益凋敝，裕泰茶馆成为衰朽的民国政府的一个具体而微的缩影，王利发也成为一个垂垂老者，被各种恶势力压榨得无法喘息，终于用一根上吊绳结束了自己的生命。

满族人常四爷、松二爷，怀着实业救国之心的秦二爷是王利发的朋友，他们在时代的驱策中，沿着各自命运的轨迹，走向各自的悲剧。

刘麻子、二德子、唐铁嘴、吴祥子、宋恩子，这些坑蒙拐骗、无恶不作的地痞流氓，却是如鱼得水，越活越滋润。到了第三幕，老一代恶人消隐，新一代恶人又崛起，他们的儿子小刘麻子、小二德子、小唐铁嘴、小吴祥子、小宋恩子完美继承了他们爸爸胡作非为的"事业"，在作恶这一点上比老子们有过之而无不及，茶馆因为他们的存在更加没有亮光。

沈处长出现在《茶馆》第三幕。一开始，他只是在小刘麻子、小唐铁嘴的讲述中出现——"这儿属沈处长管。知道沈处长吧？市党部的委员，宪兵司令部的处长！你愿意收他的电费吗？""沈处长作董事长，我当总经理！""您的四侄子海顺呀，是三皇道的大坛主，国民党的大党员，又是沈处长的把兄弟，快作皇上啦……""沈处长批准了我的计划！……处长也批准修理这个茶馆！我一说，处长说好！他呀老把'好'说成'蒿'，特别有个洋味儿！"恶人中的恶人沈处长就这样在恶人们的幕后推波助澜，为恶人们营造了为非作歹的水土，终于逼死了王掌柜。《茶馆》落幕之前，王掌柜凄惨死去，沈处长堂皇亮相，八声"蒿"（"好"）宣告了这个官僚的空洞和冷血，展示了这个官僚秩序的无情、冷酷、不可救药。

2

《茶馆》的写作是对习惯形态的话剧写作的颠覆，亦成为1957年文学史的不和谐音，在最初的发表和出版之后时运不济，在北京人艺匆匆上马，又慌张撤演，这个过程在20世纪60年代经集体意志"加红线"之后又重复一次。"新时期"之后，《茶馆》却获得了来自全世界的赞叹，被西方剧界称为"东方舞台上的奇迹"，不能不说和它的持续焕发光彩的创新性有关。

1958年，文学评论家李健吾先生撰文《读〈茶馆〉》，点明了《茶馆》的特异性："幕也好，场也好，它们的性质近似图卷，特别是世态图卷。""图卷戏"正是老舍赋予《茶馆》的主要特征。请回忆一下你第一次看《茶馆》话剧的感受——不管是在剧场还是电视里，还是在网络视频里，大幕拉开，一片生活扑面而来，是不是像一幅描绘北京清末市井的"清明上河图"正在展开？而随着剧情的发展，你会感受到所有的情节都是松散的，它们不构成一个原初意义的戏剧"必须"具备的"起承转合"的要素，然而它们共同推动了一个叙事，就是裕泰大茶馆的命运。李健吾先生进一步说:"我们不能向这类图卷戏(恕我杜撰这个富有中国情调的名词)要求它不能提供的东西。"这顺便标记了《茶馆》的"中国性"。《茶馆》正是在这个意义上超脱了"drama"这个文体的束缚,在更抽象的时空上自由生长。

在这个渐次展开的图卷中,我们最关注的还是老舍执着地在"三个时代"里都加入了越来越难以排解的暗色,让这个《茶馆》的宇宙成为一个魑魅魍魉横行无阻的地狱。老舍在1940年说:"想写一本戏,名曰最悲剧的悲剧,里面充满了无耻的笑声。"(《未成熟的谷粒》)嗣后,他曾以《四世同堂》对冠晓荷、大赤包、蓝东阳、李空山……一众汉奸的夸张描绘第一次实践了这个"充满了无耻的笑声"的"最悲的悲剧"的写作。《茶馆》群丑的次第登场是在《四世同堂》延长线上的极端尝试。

沈处长就是在这个极点上出现的最强音。众所周知,沈处长的结尾在北京人艺经典的舞台版本里被删除了,但是很少有人知道,这是20世纪50年代到60年代的权宜之举。这个删除使得《茶馆》的结尾落在王利发自杀之上,把喜剧的《茶馆》变成了悲剧的《茶馆》;而舞台版的《茶馆》的结尾又在王利发自杀的情节之后加了追光,加了《团结就是力量》的背景声,试图将这个悲剧的《茶馆》再转化为正剧的《茶馆》。这一切努力都是违背老舍本意的。因为正是老舍在《茶馆》的数次修改中，毫无商量余地地保留了沈处长的结尾。沈处长，正是老舍以最有力的讽刺，用最简劲的笔法，从最不和谐处入手，写人间世的最丑恶，在"写一本戏，名曰最悲剧的悲剧，里面充满了无耻的笑声"的路径上，走到了最高处。

3

《茶馆》发表于 1957 年 7 月，完稿的时间，根据于是之 1994 年的回忆，可能是 1956 年的秋天。

《茶馆》的写作过程，大致上说就是老舍先写了个通过秦家三兄弟反映现代中国宪政史的话剧，这个剧是为配合宣传人民代表大会制度的，但是北京人艺的一干导演、演员、领导、群众只看中其中写维新运动失败时候裕泰大茶馆的第一幕第二场，在大家的建议之下老舍心甘情愿地放弃了前稿，写出了现在的《茶馆》。这个事件本身非常有意思，因为它是能且只能在"百花年代"发生的：不论是来自人艺的建议还是老舍的重写。据林斤澜回忆，老舍当时说："那就配合不上了。"

对这个"配合不上"的作品，老舍非常尽心。据说，《茶馆》彩排的时候，周恩来曾经对人艺的同志提议，能不能请老舍先生选择"五四"、大革命、抗战、解放战争这样四个时期来写，想了想，又说，这个我还没有想好，你们先不要跟老舍先生说。后来还是有人传话给老舍了,老舍一笑置之。

与此相参照的还有一件事情。在《茶馆》发表之后,老舍说:"有人认为此剧的故事性不强,并且建议:用康顺子的遭遇和康大力的参加革命为主,去发展剧情……我感谢这种建议,可是不能采用。"老舍同时说:写《茶馆》的目的是"用他们生活上的变迁反映社会的变迁","侧面地透露出一些政治的消息"。必须注意这里老舍强调的"侧面",他不愿意"正面地"写《茶馆》,使得这个剧本过分政治化、教科书化,这是老舍坚持的底线。

在这里,我们看到,在《茶馆》的写作到定稿的过程中,老舍的艺术自信起到了决定作用,老舍当时葆有的相对自由的写作心态成为孕育具有自由不羁灵魂的《茶馆》本文的决定因素。

4

同时要注意到的是《茶馆》的语言。写《茶馆》的时候,老舍已经写了十七年话剧,他从一个对话剧写作充满敬畏,称话剧为"神的游戏"的门外汉成长为一个熟练的剧作家,这和他在经营他的话剧世界的时候对体现"话剧"本质的"话"有细致的钻研,并终于水到渠成,瓜熟蒂落有关。

我们来看看《茶馆》是怎么设计人物的语言的。

我们知道,《茶馆》本身很短,舞台演出的话也只不过两个小时的时间。在这么短的时间里,让七十个人物动起来,各有面貌,各有脾气秉性,谈何容易!但是老舍四两拨千斤地做到了。

有一个小小的故事。《茶馆》第一幕,有一个一开始坐在一个不起眼的角落里的大佬,马五爷,当打手二德子耀武扬威跟常四爷动手的时候,他突然悠悠地说:"二德子,你威风啊!"就这么轻描淡写的一句话,令二德子毕恭毕敬,俯首帖耳。而当常四爷想要上前请他评理的时候,他毫不客气地说:"我还有事,再见!"就走了出去。这个时候,教堂的钟声响了,这次轮到马五爷毕恭毕敬了,他严肃而又滑稽地在胸口划了一个"十"字,显示了他洋奴的本性。

当然这个划"十"字的动作是剧本里没有提供的,应当归功于导演和演员的二度创作。这个二度创作,同时也是演员深入理解剧本,了解作者构思的过程。最早扮演马五爷的人艺艺术家董行佶先生曾经说,他在排练的时候,觉得"二德子,你威风啊"不够有力,就加上了一个"好"字,变成"二德子,你好威风啊"!但是又细加琢磨,才领悟到,马五爷作为吃洋教的大流氓,对二德子这样的小打手,是不需要用"好"这个字来加强语气的,才把这句台词恢复为剧本的本来样子。这也成为我们理解老舍对语言和人物的精雕细琢之处的一个生动用例。

另外如唐铁嘴的"我已然不抽大烟啦,我改抽白面啦……大英帝国的烟,日本的白面,两大帝国伺候我一个人,这福分还小",吴祥子、宋恩子的"谁给饭吃,咱们给谁效力",包括沈处长的那八个"蒿",都是老舍生动精彩的话剧语言的例证。

美学家王朝闻先生曾经写过一篇数万字的长文《你怎么绕着脖子骂我呢——看话剧〈茶馆〉的演出》,刊登在《人民戏剧》1979年的第6、7、8期上,这篇文章有助于我们理解《茶馆》语言的精妙之处。我们这里限于篇幅,就不展开了。

最后要说的一点是,欣赏《茶馆》,光阅读《茶馆》的文本是不够的,必须看话剧,而且必须看北京人艺演出的《茶馆》话剧。北京人艺这个剧至今一直在上演,今年已经是第61年了。如果没有条件到剧场看,至少也应该看视频,特别是1979年的珍贵舞台版视频,观看视频(当然,最好是现场表演)将大大地有助于我们理解和消化这个剧作。

2019年

失魂落魄的新《茶馆》

《茶馆》写于 1956 年 10 月到 12 月，发表于 1957 年 7 月。发表之后，收获了雅量高致如李健吾先生的赞美之词，也收获了不少时代弄潮儿的批判和嘲弄。比较有代表性的一种说法："作者悼念的心情太重。"

要知道那个时候已经越过了"反右"斗争的高潮期，正迈向如火如荼的大炼钢铁新时代，"作者悼念的心情太重"，您就算看出来了，也是说不得的；说出来了，就是无德。但那时候的道德标准比较异样。老舍其实一辈子都在写伴随着文化没落的道德沦丧。他懂的。

不过还是不得不佩服这位批评家的目光如炬。"悼念的心情太重"，说尽了《茶馆》打着"埋葬三个时代"旗号细数的恩怨沧桑。如果换一个时代背景，这绝对是一句知心知肺的批评。他点到了老舍的软肋，就是"怀旧"，或者说保守主义。老舍在1937年就曾经在《小人物自述》中说，"假若私产都是像我们的那所破房与两株枣树，我倒甘心自居一个保守主义者，因为我们所占有的并不帮助我们脱离贫困，可是它给我们的那点安定确乎能使一草一木都活在我们心里，它至少使我自己像一棵宿根的小草，老固定地有个托身的一块儿土。我的一切都由此发生，我的性格是在这里铸成的。"在整个的生命历程中，老舍一直在苦苦维持他的保守主义。保守主义是沙子龙月夜旅店里久久不散的叹息，也是对王掌柜"改良改良越改越凉"的一生的无情评断。

所以，保守主义，是《茶馆》的魂魄。

电视剧《茶馆》是以老舍原著为底本，加上叶广芩格格自己小说的一些血肉敷衍而成的。从总体上说，这部电视剧京味浓郁，人物血肉丰满，故事层次鲜明，不失为一部制作精良的优秀剧集。裕泰大茶馆从清末走到民国，经历了从极盛到极衰的命运流转，百十来位人物在那儿歌哭歌笑，梦里依稀慈母泪，城头变幻大王旗，虽有各种小疵，但瑕不掩瑜，已经可以称为上品了。

但是，边看电视剧，还是忍不住要发问，这部剧贯穿的主题是什么？掌柜、伙计、太后、太监、大兵、便衣、流氓、土匪、巡警、戏子、国军、共军……这么些人乱哄哄你方唱罢我登场，就是为了图一个热闹吗？老舍写话剧的时候显然有他深切的寄托，他写的是绝望的人间世，是文化和礼仪道德的衰亡，是保守主义的无法维持。新《茶馆》，情节过于丰赡，但是看下来总不免有一种失魂落魄的怅然。

其实，越是站在时代的制高点上，越是能够理解常四爷为什么会问"我爱咱们的国呀，可是谁爱我呀"，越是会懂得邹福远为什么会感慨"这年头就是邪年头，正经东西全得连根儿烂"。《茶馆》第三幕，老舍不惜重复、琐碎和唠叨，一口气让明师傅、邹福远、卫福喜、方六、车当当五个小人物接连上场，抱怨时代对文明的损耗。在人艺的舞台剧里，焦菊隐先生嫌这些人物和对话过于冗赘，删掉了不少，情节因而紧凑了，老舍的碎碎念也被大段地抛弃了。也许剧作家在舞台调度方面确实有考虑不周的问题，但是既然他用这样的方式强调了，改编者也就一定得重视了。《茶馆》决不是人们通常认为的"史诗剧"(先甭管这个语词早就被滥用了)，它首先是一部讽刺剧，叹息着讽刺，嘲笑着哀号，这才是它的命门所在。

红茶馆？

先说几个故事吧。

——1956年，为配合宣传人民代表大会制度，老舍写了个反映现代中国宪政史的话剧。北京人艺的一干人等，却只看中其中写戊戌维新失败时候裕泰大茶馆的第一幕第二场，老舍因而放弃了前稿，写出了现在的《茶馆》。

——曾担任焦菊隐院长秘书的张定华回忆，《茶馆》第一稿，老舍写了王掌柜为掩护学生中弹而死，当然这个设计后来被人艺的导演、演员和老舍本人合力推翻了。

——舒乙先生回忆，《茶馆》彩排的时候，周恩来说，能不能选择"五四"、大革命、抗战、解放战争这样四个时期来写，想了想，又说，这个我还没有想好，你们先不要跟老舍先生说。后来还是有人传话给老舍了，老舍一笑置之。

——《茶馆》上演后，遭到过来自剧评界的很多负面意见，最响亮的声音是《茶馆》没有"红线"。老舍于1958年发表了《答复有关〈茶馆〉的几个问题》，说："有人认为此剧的故事性不强，并且建议：用康顺子的遭遇和康大力的参加革命为主，去发展剧情……我感谢这种建议，可是不能采用。"

——1962年"广州会议"之后，《茶馆》复排上演，这次没有"红线"是万万不能了，人艺让于是之、童超、英若诚等帮老舍加"红线"，比如突显学生游行，突显常四爷的革命行为，老舍本人拒绝参与修改。

以上种种，指向同一个结论：正因为拒绝"红线"，才有了后来被称为"东方舞台的奇迹"的《茶馆》。

但是这个"十七年"话剧中唯一没有"红线"的奇迹之作，在被改编成三十九集大型电视连续剧之后，被强行植入了一条明晃晃的红线。虽然这部改编剧集在去现代化上面花了很大的功夫，各路演艺精英演技卓越，加入的各种故事也大多顺情入理，但是最后十集，为加"红线"太下本儿，因而悬置了此前好不容易营造的悲剧气氛（姑且不论对《茶馆》原著喜剧元素的拆解）。《茶馆》爱好者们眼睁睁地看着一部怀旧的、悲情的、无望的《茶馆》，那调调昂扬了起来，亢奋了起来。

这十集《茶馆》强调了两个人群，一个是以秦利民、王二拴、常喜贵为主力的中共北平地下党，他们甚至团结了松二秀、大傻杨来帮助他们传递出了《北平城防兵力图》（如假包换的谍战故事啊)。另一个是以沈处长、庞海顺、庞四奶奶为代表的恶势力,勾心斗角争风吃醋无恶不作。首先是红蓝对抗善恶对垒,其次是为了铲除敌方势力,我方地下人员秘密开会、联络接头、将计就计、斗智斗勇,好不热闹。就这样,《茶馆》,在"十七年"里小心翼翼地回避了"红线"的《茶馆》,赫然呈现出"三红一创"年代特有的红色气息。"红线"就这样毫不费力地加上了,是耶非耶,成耶败耶,看过的人各凭良心吧。

杀死《茶馆》
——孟京辉版《茶馆》观后

前天跑到苏州去看了《茶馆》。

是孟京辉版《茶馆》。

完全不是像剧方自夸的,"原汁原味"啦,懂老舍才能懂孟版《茶馆》啦,这些"自夸点"显示了剧方某些方面的"怯"。孟版《茶馆》有它的问题,也有它的高明之处,但是这些都和老舍没什么关系,也和《茶馆》没什么关系。

孟京辉表达的就是他自己。

大多数人艺的《茶馆》迷看了孟版《茶馆》一定会愤怒,大概除了我……在我看来,一样是改编,孟版《茶馆》比电视剧版要好得多。它是面向心灵和面向真理的。虽然它的问题和它的优点几乎一样多。

坦率说我没有都看懂。发散的部分往往故作神秘，且离题万里，内部换景时大屏幕放的影片又非常生涩，或者说烧脑。我那天为了赶去离苏州城区十万八千里的金鸡湖，没有吃晚饭，到了剧场，发现那么豪华的一个艺术中心，没有超市，连个面包都买不到。就这样，坐在那里支棱着耳朵听，尽量理解，跟进，很快就脑缺氧了。大屏幕亮起，布莱希特的冗长诗句伴着三个骷髅头的怪异动作响起，我就打了个小盹儿……

说到那个"原汁原味"的评论，完全是自取其辱。凡是涉及原剧的，几乎没有一句台词是好好说的，原剧所有的笑点都没有发挥作用（这也相当不容易啊）。演员像复读机一样吼台词（据说这是某一类型先锋戏剧的必备要素，先锋戏剧看得太少，不懂),《茶馆》被拆零碎了，在孟版《茶馆》里,《茶馆》原作几乎没有提供一句正常的台词。导演希望观众看过《茶馆》剧本再来，说笑了。我看导演是一点不在乎观众是否看过《茶馆》原作，是否了解那些台词都在说什么事。他其实可能是不希望观众了解。《茶馆》只是个由头。我不知道别人是怎么看的，反正我看到的是这样。

对陈明昊一直比较有好感，去年《声临其境》模仿郑榕常四爷的一段台词有点惊艳了。但是这次的常四爷太失败了，不如大蜘蛛。常四爷和松二爷也是能一饰两角的？在演员不换服装不换道具不换语音语调的情况下？太自信了吧？还是其实根本不想让观众明白呢？最后一个幕间，串场的演员对观众说："你们怎么还不走？你们看得懂吗？"观众就笑了。我觉得这里有点可悲。这玩笑开得很不高明，同时把剧本身的傲慢泄露无遗。

只有当"阿顺"开始独白的时候，出现了有亮色的东西。"我叫阿顺"，好像是这么说的。当她开始叨叨庞太监怎么虐待自己，我才意识到阿顺就是康顺子。"阿顺"，这么港式这么现代的称呼，有点违和，但是可以接受。不管怎么说，从"阿顺"开始说话的时候，到《微神》线索出现，到随后的两个大兵娶一个媳妇儿，木头女人被锯子锯得血肉横飞，这三个段落非常顺畅、有机、智慧，既阴暗又明快。

女人永远被践踏的命运和文章不断跳进跳出的男主企图自杀的独白，构成了这个剧后半段才慢慢形成的算是比较清晰的演进。不知道是老舍本人的自杀还是王利发的自杀令孟导如此着迷。《茶馆》也是在那虚拟的枪声里被噩梦化，被拆得粉碎，被杀死了。"我杀了我自己"，这是《微神》里着"小绿拖鞋"的女生的话，她的原型是老舍的初恋，她是老舍写的很多个寻爱而不得、不得已出卖肉体，又以自杀告终的悲剧女性之一。老舍之前之后还写了很多这样的女人，直到康顺子。（当然康顺子没有自杀啦。）不管怎么说，由康顺子发散到《微神》，令我还是对孟导肃然起敬，这消解了前面大蜘蛛和狗子们带来的生理上的不愉快和骷髅对话引起的昏昏欲睡。

可圈可点的还有只出现了一次的唱 rap 的当代傻杨，可惜我看的那场，他唱了一半，字幕就停了，也许是电脑死机了，导致后面有个别台词没有完全听清。

至于大转轮，太直白了吧？我不太喜欢它。

2018.10.28

《老舍赶集》四题

话剧《老舍赶集》是根据老舍的两则幽默小品文和四个短篇小说整合改编的一个短剧群。两则小品文《话剧观众须知二十则》和《我的理想家庭》在演出效果上近乎诵读，是短剧群的引导和收束，本身不具备戏剧性，所以本文搁置不评，着重谈谈《创造病》《牺牲》《黑白李》和《邻居们》这四出戏。

一、没有故事的《创造病》

在这四个短剧中，《创造病》还是接近于诵读。诵读（原著的听觉化）加上置景（原著的视觉化），给这个几乎已经被遗忘的老舍幽默小说带来了新的生命力。

"杨家夫妇的心中长了个小疙瘩，结婚以后，心中往往长小疙瘩,像水仙包儿似的,非经过相当的时期不会抽叶开花。他们的小家庭里,处处是这样的花儿。桌,椅,小巧的玩艺儿,几乎没有不长疙瘩啊而后开成了花的。"老舍原著的第一段,在短剧《创造病》的开头,由演员原样念诵了出来。看下去,原来长小疙瘩,就是想买东西了;抽叶开花,就是买到东西了;既会花开,便一定会花谢,一个"创造病"的周期结束,下一个"小疙瘩"便开始酝酿。

现在的年轻人管这个"小疙瘩"叫"长草",管老舍说的"抽叶开花"叫"拔草",只是,拔了草拍完朋友圈往往就没有"然后"了,比杨家夫妇要简洁明了得多。

我想方旭先生看中《创造病》,也是出于对这个作品具备的上述当代性的感应吧。为了这点感应,可以不顾作品本身没有太多的冲突,只能通过漫画化的造型、动作、台词和表情来凸显人物灵魂的空洞和对人生价值的曲解。这是很冒险的。尤其是作为短剧群的第一个作品,有点过于散漫了。

我觉得这里还是需要区分话剧的短剧集合和京剧的折子戏演出。老舍说过,"京戏的观众注重唱、念、做、打。他们不花钱去听演说。《将相和》能在这四项上满足他们,所以它能叫座"。(《谈〈将相和〉》,1951年)这揭示了看戏曲的"秘密":观众要看的是唱念做打。因此,对于戏曲来说,演员的技巧高超就是票房保证,相应地,戏曲的故事性就不是第一位的。《将相和》的故事家喻户晓,观众不看戏也都知道,但是观众还是要看，为什么？他们是去看唱念做打的。因此，如果是京剧折子戏的串演，开锣戏往往会安排比较次要的演员和剧目，观众不会介意。

话剧则不然。不是什么话剧都能像《雷雨》《茶馆》或者《哈姆雷特》那样耳熟能详。观众对于从来没有看过的剧，期待和挑剔是一样多的。想让他们尽量不挑剔，除了在剧本、表演、置景、音响上用足功夫，在"开锣戏"的编排上是否也可以更讲究一些，要一开幕就能抓住观众。在这一点上，同样是老舍短篇小说改编的集锦剧《老舍五则》的做法更值得借鉴，它的开幕一折短剧是《柳家大院》，幕启，一根上吊绳从舞台顶端垂下，一根充满悬念的上吊绳啊。

方旭可能是受老舍的影响过深，不怎么追求这种震惊的效果，也是一种风格吧。我的意思是，若能适当震惊，给观众提提神，可能也是不错的。现在的观众好莱坞电影看得太多，主动沉浸的能力已大大退化了。

二、《牺牲》说的不是牺牲

虽说《创造病》没有起到开篇即响的"震惊"效果，《牺牲》的选用却小小地惊了我一下。当时的感觉就是，方旭真是个不走寻常路的艺术家，敢挑这么难啃的硬骨头来啃。

"牺牲"是照亮老舍一生的主题词，对应的是老舍为自己起的字"舍予",和响彻文坛的笔名"老舍",以及他的各种人生选择以至于他的死。恰恰这篇以"牺牲"题名的小说,如此的率性不羁不着调。这里蕴含了怎样的深意呢?

和随后的一个短剧《黑白李》放在一起看,大致可以明白一些:口口声声"牺牲太大了"的毛博士,非但完全不懂牺牲,反而是一个丑态百出的霸凌者;黑李,看上去是个懦弱、平庸、不思进取的"古人",然而一旦说出"我得为他牺牲",便是真正的赴汤蹈火,九死不悔。

经过这个对比您就明白了,老舍对真正的牺牲者有多敬重,对毛博士这种虚矫做作的"伪士"就有多痛恨,一划拉,划拉大发了(夸张过火了),就成了现在的这位半傻不疯、不中不西、一点没有人味儿的毛博士。老舍自己这样检讨《牺牲》:"它摇动,后边所描写的不完全帮助前面所立下的主意。它破碎,随写随补充,像用旧棉花作褥子似的,东补一块西补一块。"(《我怎样写短篇小说》,1936年)

老舍仿佛就是拿《牺牲》这个小说当相声写的,原著充满了捧逗俱佳的对话,改编话剧的基础不错。难度是在于毛博士的"假",很难表现。这么说吧,这是一个不怕演过火,就怕演不过火的人物,千万不能把它(他)往真里演。这就是一个极端的夸饰。《老舍赶集》的人物造型设计的符号化部分地成全了这个夸饰,其实还不妨再大胆些——"他是个自私自利而好摹仿的猴子",这是老舍给毛博士下的判词,丑一点,再丑一点，尽管往这上面靠，那就对了。

三、《黑白李》说的才是牺牲

《黑白李》是全剧的最大亮点，它最大程度地还原了20世纪30年代老舍对爱和牺牲的诉求。

作为一个以写作幽默文学见长的作家，老舍在20世纪30年代确实不大写慷慨悲歌的作品。《黑白李》之所以留下了一点慷慨悲歌的影子，大致上还是因为作为《黑白李》前身的长篇小说《大明湖》在"一·二八"的战火中被焚毁了。老舍曾经说："《大明湖》里没有一句幽默的话。"（《我怎样写〈大明湖〉》，1935年）

因为《大明湖》是沉郁的，所以由《大明湖》的故事主干完成的两部全新的小说《月牙儿》和《黑白李》也是沉郁的，它们非常不同于老舍同时期的其他小说。

小说《黑白李》中，白李煽动车夫砸电车、闹事，这成为故事完成的核心事件。这事情读来离奇，有些生硬，现在却也已经证实不是异想天开。据老舍研究者吴永平考证：1929年10月22日爆发的北平洋车夫"暴动"事件，"参加暴动者至少有二万五千人……武装行动的地点，自西单牌楼、西门大街、天桥、东单、东四、北新桥，至西总布胡同等，简直弥漫了整个北京市。捣毁电车五十余辆，打伤工贼走狗数人，与全北平市的警察、军队、宪兵肉搏七八小时（自下午1时至下午8时）"，"此次斗争中，北平军警屠杀工友四十余人，杀伤数百人，拘捕一千六百余人，审判结果，驱逐九百余人出境，监禁数百人，使几千个老幼穷人失去饭碗，冻饿至死"。(吴永平《〈骆驼祥子〉：没有完成的构思》，2003年)

九十年前惊动了两万多人的洋车夫"暴动"事件，经由短剧《黑白李》连环画风的简易布景和广播剧风的逼真音效的合成，举重若轻地复现在舞台上。方旭扮演的车夫王五一个人占满了整个舞台，如同当年演《我这一辈子》的时候从头至尾的巡警"我"的视角。他看到：四爷（白李）被捕了！——四爷被杀了！——四爷又出现了，"显着老了一点，更像他的哥哥了"。

就这样，貌合神离的黑白二李在一场《双城记》式的掉包仪式中完成了身份的互换（合一）。黑李代替白李死了，他兑现了对母亲的承诺和面向神祇的牺牲；白李代替黑李活着，甚至有点活成了黑李的样子，他的信念并没有改变："我还在这儿砸地狱的门呢。"

如果说《黑白李》这个短剧有什么不足，那就是这个舞台上的黑李和白李无论长相、胖瘦、高矮，都太不同了，毕竟"他俩……长得极相似"这个伏笔挑起了全篇（剧）的期待，引发了最终的突转。虽然有点吹毛求疵吧，但是既然是《黑白李》，这个致命的问题最好还是解决一下。

四、《邻居们》，"写不打不成相识"

大概因为《老舍赶集》里已经有了一对儿杨姓夫妇（《创造病》），《邻居们》的杨先生和杨太太就被改为了宋先生和宋太太。

"宋"果然和"明"更配，这个小谐谑剧把明氏夫妇欺软怕硬的荒蛮人生和宋氏夫妇酸文假醋的退缩人生演绎得妙趣横生。两个家庭好似在文明的两极，却因为做了邻居引发各种冷战、热战、文战、武战。喜剧在宋先生忍无可忍地砸碎了明先生的玻璃的清脆声响中落幕。明先生就是鲁迅勾描过的"二丑"："他有点上等人模样，也懂些琴棋书画，也来得行令猜谜，但倚靠的是权门，凌蔑的是百姓，有谁被压迫了，他就来冷笑几声，畅快一下，有谁被陷害了，他又去吓唬一下，吆喝几声。"（鲁迅《二丑艺术》，1933 年）

"二丑"是戏曲舞台上的"二花脸"，他没有"大花脸"的威武，也不像"小花脸"那样粗鄙。这位明先生便是如此，对外，他道貌岸然，在家庭内部和邻里之间，他作威作福。老舍说"他是在个笃信宗教而很发财的外国人手下做事"，一语道破了明先生的"二丑"的身份。熟悉老舍作品的人也十分自然地由明先生联想到比方说《四世同堂》里的丁约翰、冠晓荷，甚至蓝东阳。这些人无一不是外强中干的货色。在明先生眼里，宋先生一贯是可以随便欺负的"软柿子"，一旦宋先

134

生挺身反抗，就轮到明先生当"缩头乌龟"了。

明太太肥大如暗黑童话里的胖女巫的纸衣服设计得太出色了。我刚才说了，老舍在20世纪30年代的很多作品，特别是短篇小说，就是明晃晃地夸张，毫不留情地讽刺。怎么复现这种夸张和讽刺，自然是以更夸张的造型和表演来应对。明太太的这套服装就做到了复现，它甚至比演员的表演更有效果，也为演员塑造明太太这个可恨又可怜的小人物作了非常完美的铺垫。

《邻居们》收入老舍的短篇小说《樱海集》。在《樱海集》的图书广告中，老舍说，《邻居们》是"写不打不成相识"。可见老舍是把杨先生夫妇（也就是剧中的宋先生夫妇）和明先生夫妇作为一组对立的，却又各有缺陷的人物来写的。在这一点上，剧作的改编处理也非常到位。我们看到的确实是两组各有可笑之处的小人物，并不是一对儿好人（宋夫妇）和一对儿坏人（明夫妇）。

这些年，从《我这一辈子》开始，不知不觉已经看了五出方旭自编自导或参加演出的老舍话剧了（含《老舍五则》，不包括《猫城记》）。相对去年的《二马》，《老舍赶集》虽然在表现手法上有所沿袭，在艺术上却更纯粹，复现老舍本意的追求也更清晰。短短一年就有这么大的进步，可见方旭和他的团队还有巨大的上升空间和可能性。我们期待着他的新探索、新创获。

2018.6

《不成问题的问题》，没有故事的故事

《不成问题的问题》猝不及防地火了，赶去影城尝了个鲜。

很多人问我好看不好看，实话实说：不好看。

不好看，不是电影的问题，以我近年来看过的各种老舍改编影视剧来衡量，《不成问题的问题》是最忠实于原著的，或者说，是唯一一部忠实于原著的。这个"近年来"，大概可以往前推到二十年前吧，嗯，近二十年来……

所以，"不好看"的锅，是老舍的。《不成问题的问题》的原著小说就不好看。是一个很短的白描，写了三个夸张的人物，构成一个没有故事的故事。

因为没有故事，所以《不成问题的问题》，从写作本身，就不是奔着"好看"去的——不客气地说，老舍的短篇小说，几乎没有奔着"好看"去的——所以，不好看，很正常，好看才不正常。

电影总体上是不错的，很美，很忠实，很无情，很中国。好话他们已经说得太多了，我来吹毛求疵，说一点问题所在。如果您认为我说得不对，这些问题也只是"不成问题的问题"，那再好不过。毕竟中国艺术电影能有票房也是我期待的。

丁务源，不够坏

范伟演的这个丁主任，很有意思，沉得住，了不起，令人刮目相看。有没有问题？有，不是范伟的问题，是改编的问题。

> ……遇见大事，他总是斩钉截铁地下这样的结论——没有问题，绝对的！说完这一声，他便把问题放下，而闲扯些别的，使对方把忧虑与关切马上忘掉。等到对方满意地告别了，他会倒头就睡，睡三四个钟头；醒来，他把那件绝对没有问题的事忘得一干二净。直等到那个人又来了，他才想起原来曾经有过那么一回事，而又把对方热诚地送走。事情，照例又推在一边。及至

那个人快恼了他的时候,他会用农场的出品使朋友仍然和他相好。天下事都绝对没有问题,因为他根本不去办。

看,这是老舍点题的话,树华农场的问题在哪里?就在丁主任对付任何事情都是一句"不成问题",但是事实上又不作为,到头来假公济私,拿农场的产品来成全他和朋友的交情。丁主任的"坏",表现在方方面面,所以说老舍用的是夸张的白描,他不需要表现一个"人性"的丁务源,他写的就是一个八面玲珑的"坏人"丁务源,但是电影把丁务源骨子里的"坏"大大地稀释了。

秦妙斋,不够丑

秦妙斋,老舍认为他长这样——

高高的个子,长长的脸,头发像粗硬的马鬃似的,长长的,乱七八糟的,披在脖子上。虽然身量很高,可好像里面没有多少骨头,走起路来,就像个大龙虾似的那么东一扭西一拱的。眼睛没有神,而且爱在最需要注意的时候闭上一会儿,仿佛是随时都在做梦。

相比之下,这个演员和这个造型,太帅了!

太帅就不容易让人厌恶，也达不到夸张的效果。像《不成问题的问题》这样平淡到几乎没有故事的作品，人物再不夸张一点，在放映效果上就只能一路波澜不惊地寡淡下去了。

秦妙斋和老舍差不多在同时创造出来的蓝东阳（《四世同堂》）一样，是个怎么夸张其丑形丑态都不为过的人物，这样的人物本身就是从理念到理念的，所以不必追求"真实"。当然你也可以认为现在的这种"真实"也是一种风格，但是，设想一下，如果这个秦妙斋更丑/丑恶一些呢？

无功无过的尤大兴

尤大兴也是个理念的产物，是老舍一生一直热衷表现，却从来没有真正写好过的一类理想人物。所以这个人物演到满分也就是这个样了。

尤太太偷鸡蛋这个事情倒是原著里写得很有神采的一笔，每天让工人给她拿两个，攒了一篮子，多么有心机，多么有画面感，多么让尤大兴手足无措！现在改成被动"受贿"的情节，尤太太是无辜了，尤大兴的无辜却也因此减弱了。

不尴不尬的上海话

史姐姐真美，演得也好，几乎没有什么舞台腔。但是史姐姐，额，三太太和许老板的上海话太尴尬了。去年的《罗曼蒂克消亡史》，很多上海老土地对它的上海话是不认可的，认为洋不洋腔不腔，很做作。我也同意《罗曼蒂克消亡史》的上海话比较做作，但是它是刻意学习老派上海话后表现出来的做作，相比之下，《不成问题的问题》的上海话是"彻骨里新"的受普通话影响之后的 21 世纪上海话，不但毫无向老派上海话靠拢的意愿，甚至有一些音完全是错的，我看电影的时候刻意记了几个，但是因为老年痴呆比较严重，出电影院的时候只记得一处了，就是三太太说的"会计"的读音，实在是——好吧，我也不解释了，就好比你问上海小学生"出生证"怎么念，他们十有八九会用他们认为的没有问题的新一代上海话大声告诉你："畜生证"！

话说回来，这个电影用上海话是否必要呢？当然是必要的，因为原著写的丁主任就是个碰到什么人都能来几句方言的"灵巧人"嘛。这里的问题还是没有把事情（像尤大兴那样）做扎实，你说这是 20 世纪 40 年代的事情，那么你应该说 40 年代的上海话呀，说到底，活儿还是不够细啊。

2017.11.22

会说话的"出土文物"

1979年,第四次文代会召开的时候,萧军自我调侃为"会说话的'出土文物'",这是个禁不起联想的比喻,一联想,就会纷纷扰扰地带出一连串的作家和作品,其中就有也是在这一年出版的《四世同堂》。从1944年到1949年,《四世同堂》连来带去写了五年,一边写,一边按部就班地连载、出版、翻译、出英文版。1951年1月,《饥荒》连载到第二十段时突然停了,此后《四世同堂》便销声匿迹,直到1979年重新出版,所以说,它也是"出土文物"。

然而事情又远非"出土"那么简单:底稿不见了,但是英译本还在;英译本回译了,英译手稿本居然也还在,所以这个寻回并修补"文物"的过程就格外漫长。

文学史的研究和文学作品的解读,是一种趋近于本真的努力，无论是通过思辨构拟，还是通过史料还原。史料还原尤其是不讲情面更不讲情怀的一项工作。鲁迅讲过一个故事，有个土财主，买了一个鼎，据说是周鼎，"竟叫铜匠把它的土花和铜绿擦得一干二净，这才摆在客厅里，闪闪地发着铜光"。可笑吧？鲁迅却说，这个闪闪发光的鼎，才是"近于真相的周鼎"。史料的发掘，真相的揭橥，大抵类此。在这个认知的基础上，我们才可以来谈这次《四世同堂》英译手稿发现和结尾章节第二次回译的意义——它不是展示给我们一个更好的《四世同堂》，而是一个更接近本来面目的《四世同堂》。

看一个最直接的例子。马小弥由《黄色风暴》回译而来的结尾句是"小羊圈里，槐树叶儿拂拂地在摇曳，起风了"。现经英译手稿对照，证明这个结尾为出版社所加，用以替代一篇以钱默吟口吻写的长达六千字的长檄文，即赵武平二次回译本的终章。这个章节出现在百万字长篇《四世同堂》的叙事完全终结之时，从纯粹的故事的角度看，是冗笔，但从中可以获取很多信息，包括钱默吟（毋宁说是老舍自己）对战争与和平的思考，对做诗人还是做战士的问题的表白。

很多研究者认为，老舍在抗战时期对通俗文艺的过度投入造成了他回归小说创作时个别人物的夸张和变形，钱默吟在小说后半段变身为一名侠士、地下工作者，和他诗人的身份不相匹配，也是被谈论较多的一个问题。老舍显然也意识到了这个问题，所以借助这篇"悔过书"对钱默吟的心路历程进行了原原本本的交代。"感谢你们，给了我做一个完美的人的机会，教我能有斗争到死的机会。"这大无畏的表白指向老舍本人的英雄情结。贯穿地看，老舍热爱武侠故事的少年时代，书写李景纯、丁二爷这样的侠义之士的青年时代，自己义无反顾牺牲一切投身抗战的中年时代，和《四世同堂》具备理想人格的钱诗人是无比契合的。这也是老舍在很小的年纪就给自己起了"舍予"这个名字的原因。剑气箫心、侠骨柔情，既是诗人也是战士，以钱默吟口吻写的这篇剖白和倾诉，比起"起风了"这样语义含混的小清新结尾，无疑更能镇住《四世同堂》用一百万字铺陈的无边苦难和人间悲喜剧。

赵武平的二次回译本还展示了另外一个非常有意思却被《黄色风暴》删节的情节：瑞宣"从为做宣传而写作开始，他就很想知道作家在战争中怎么生活，发表有什么作品"。他发现很多日本作家正在受命翻译中国的新小说和剧本，经由这件事，他开始思索中国现代文学的意义和价值。而瑞宣在迷惘中寻求的答案，正可以落实在以老舍本人为代表的舍弃了一切个人得失，无怨无悔投身抗战文学的新文学作家身上。

老舍亲历了整个大后方的抗战文学史，是中华全国文艺界抗敌协会的负责人。投身抗战的八年也是他文学生涯的重要转折——舍弃小说转而从事通俗文艺和戏剧的写作，并且将这一新的写作习惯带到了新中国时期。而《四世同堂》正是老舍在抗战文学经由几次严肃论争进入反思阶段之后回归小说写作的结果。通过二次回译本，我们看到，老舍第一次在虚构作品中谈论自己投身其中的中国现代文学史，这是个如此独特且前所未有的视角。小说里，瑞宣得到的结论是："新文学是代替中国说话的活的文学……他为中国作家感到骄傲，也为自己感到高兴。"这不但解答了为什么在已经完成了服务抗战的使命的1946年之后，老舍还是写了《四世同堂》《鼓书艺人》《五虎断魂枪》，也解答了老舍为什么在1949年12月回到北京后能这么快适应新中国文艺工作者这个新的身份。我们当然可以说老舍的选择是时代的要求使然，但是，即便从这个失而复得的章节，也可以看出，老舍的"回归"和"回不去了"，这两件看似矛盾却同时发生的事情，正是老舍本人文学生涯的必然选择，也是中国现代文学的必经之路。这里甚至埋藏了《四世同堂》在1951年年初连载突然中断和日后需要经过如此曲折的努力，逐渐寻回它丢失部分本来样子的原因的密码。

这次老舍《四世同堂》英译手稿未发表部分经由赵武平发掘、整理、翻译后的重新发表，是一个重要的文学事件。史料的发掘、整理、重组，有点像文物的修复，成品虽然不是作品本来的样子，却能指向作品本来的样子，指向曾经被抛弃、亦有可能被永远遗忘的文学史的片断。其实，在史料之外，又何尝有真正的作家和作品，又何尝有真实的文学史。学者钱理群曾经指出："史料本身是一个个活生生的生命存在在历史上留下的印记。因此，所谓'辑佚'，就是对遗失的生命（文字的生命，及文字创造者的生命）的一种寻找和激活，使其和今人相遇与对话。"对于《四世同堂》这件从 1979 年"出土"后又不断得到修补的"文物"，也当作如是观。

2017 年

残片光影，乡愁北京

"它污浊，它美丽，它衰老，它活泼，它杂乱，它安闲，它可爱，它是伟大的夏初的北平。"当一个人这么语无伦次地描述着一个城，他必定爱它爱得不知所以。

这个人是老舍。

前年，在季风，看到有人把这段没有逻辑、没有重点、几乎可以说毫无意义的话用作书的题记，印在封面上，当时的感觉，便是"那也没有别的话可说，唯有轻轻地问一声：'噢，你也在这里吗？'"就这样把它带回家。

这几天默默地把它读完了。

《乡愁北京：寻回昨日的世界》，一本以保存和记忆消逝中的北京风物为志愿的摄影集，版权页上把自己的属性骄傲地定义为"残片图本"，真是颓废到了极致，又傲岸得不讲道理。

我喜欢。

作者是摄影家沈继光,他"从1984到2006年断断续续兴之所至地在古城北京流连,拍摄了大约五千多幅片子"(作者序言),在这本书里,精选了415幅,分23个题目,重构了一个残片的北京。

对,残片的,琐碎的,光影的北京。没有高大上的主题,没有野心,也不是十分的有次序,但是铺展开来,依稀就是那个污浊的、美丽的、衰老的、活泼的、杂乱的、安闲的、可爱的消逝中的北京的本体。读着它,你不由得会相信,一桩美丽的物事,有多少人在拆毁它,就有多少人在拯救它;有人花多少力气损伤了它,就有另一些人花更多的力气企图挽留它。

城垣的砖,馆栈的匾,昔年青楼残存的楹联,平常胡同人家的瓦垄、吻兽、檐饰、护栏……旭日温存过,夕阳抚摸过,春风吹拂过,冬雪覆盖过,现在它们大多已经被一个全新的现代化的北京覆盖了,但是,在这本"残片图本"里,它们永生了。415幅照片那无序的表象下,却有作者诗意的内在逻辑,他称之为"艺术秩序":"秋的落叶,冬的洁雪,白的天空,枯的树干……若与残片相依相伴,会豁然有意;雨的凝重,雾的弥漫,光的投抹,影的遮蔽……倘和残片浑然成一,会难舍难分。"(作者后记)

"百姓人家"一辑,拍的是门、门、门……开篇《关于门铍的故事》，作者自述，1983年在西城小酱坊胡同拍到22号院的大门，"发现门铍并不是一对儿，形状和细微的色泽差异都证明它们不是原来的一对儿"；1991年，他又来到小酱坊胡同，走到22号院，"发现原来不是原配的但还是一对儿的门铍，只剩下一个了。另一个不知失落何方"。这院落，已存在了百年，门铍丢了又装，装了又丢，不知已经历过多少次，里面的住户也是来了又走，走了又来，不要说说不出这"敲门的铜扣儿"且丢且装的历史，连它们是不是一对儿也从来没有留心过。然而，这个京城胡同里随处可见的失伴的门铍，被摄影家记录下来，就此获得了一种生命的悬念，和永恒的可能。在这幅作品下面，作者说："几代生存，几代繁衍，在上面留下了印痕，留下了院子的历史。再低头看那圆浑的门墩，颓缺的砖石……你可以抚摸时光了。"就是这样，翻阅这本"残片图本"的每一页，都会觉得，"可以抚摸时光了"。

  一个尘满面、鬓如霜的老城是有自己的魂的，你纵使有千般本领更改它的外形，也奈何不了它的魂魄。城的魂藏匿在它琐屑的细节里：旧地图，老物件，曾经的艺术品对它的描摹、记录、渲染，更长久地坚韧地植根于那个真正意义的民间。具体到北京，多少首《北京颂歌》也抵不过一串悠扬的鸽哨声，就是这个道理；老舍作为北京文化的代言人，几乎不写高宅深院，从来不写帝王将相，也是这个道理。《乡愁北京：寻回昨日的世界》，指尖滑过书页，目光掠过那些斑驳的黑白光影，感觉仿佛摩挲着那些已经逝去的时光，凝视着那些早就被驱逐的北京的魂灵，便沉浸入一种怆惶的情绪不能自拔。第45页是一幅《故宫的墙砖》，拍摄的是故宫的一面凹凸不平的砖墙。阳光打在砖墙上，明亮处有点晃眼，砖缝和墙砖丢失处是一些深不可测的大小不均的静默的黑色块。这样的砖，这样的墙，再平常不过了吧？身在故宫，再安全不过了吧？并不然——"拍摄后不久，古建修缮部门奉命用泥灰把它们凹凸的面孔统统覆盖，抹平了，甚至连砖缝都不见了。一片片现代的泥灰！整齐，整齐得让你真想大哭一场。"

为什么用黑白照片来表现这座城，作者解释说是受了斯皮尔伯格拍《辛德勒的名单》的启发："色彩虽然动人，但它更多的是影响眼睛，而对心灵深处的摇撼是有限的。"（作者后记）这是一个相辅相成的选择的结果：选择黑白照片的方式来组建这个光影的碎片的世界——对光影的黑白灰用更挑剔的眼光进行艺术的呈现——在这种呈现中最终选定了各种雪景来体现北京特有的极致的美。《古城，因为冬雪才有深味》《望着，树上屋上的雪，白空里孕育着的雪》《雪的划痕》《雪，向阳的一面化了，背阴一面的呢》，这是几幅标题里带了"雪"字的；还有更多没有带"雪"字的，比如这幅，《公用的碾盘》。京郊门头沟的一个小巷岔口，一个再也没有人去用它的碾盘，白雪纷纷扬扬飘落，那么寂寞，那么惆怅，那么美，作者不由得发问："那素白的雪……是在唱最后的挽歌吗？"

是啊，沈继光先生，是在用这 415 幅黑白照片，唱最后的挽歌吗？

用三十年时间，跑遍北京，以油画师精雕细琢的手法和眼光，拍五千张艺术照片。这样的事情，以后不要说没人做了，就是有人做，也越来越难找到被作者眷顾过的这些地方、这些图景了。而即便如此，留下的，毕竟也只是残片。随着时代的轰轰烈烈的前行的步伐，任何城，任何景，任何人，任何事，都挽留不住，在它们销声匿迹之前，倘若能遇到那个愿意浪费自己的生命去制作残片影集的人，就是无比幸运的事了。

残片的北京，它污浊，美丽，衰老，它静默，沉着，安详。读罢掩卷，耳边响起作者的镜头扫过林海音的城南的时候，想到的威廉·布莱克的诗：

一粒沙子一个世界

一朵小花一座天堂

无穷无尽在你的手掌上

永恒，就在那一瞬里收藏

（《乡愁北京：寻回昨日的世界》，沈继光著，桂林：广西师大出版社，2013 年 12 月第一版第一次印刷）

2017.5.22

哭舒乙师

人生偶尔会遇到一些被"点亮"的时刻。一点亮，就是一生，可遇而不可求。我自己，就在混沌中备战高考的某一天，被一封"从天而降"的书信点亮了前方的路。

20世纪80年代，买书的渠道没有现在这么多，除了去书店等书、淘书、偶遇书，再有一个购书的渠道就是汇款到出版社的邮购部买书。有时候，你寄去的钱多了，或者你想买的书出版社也没有了，就会退钱给你。那时我自己没钱，我要的书大多是让我爸买。我爸是上海一家出版社的编辑，他对汇款买书这种事熟门熟路。我就觉得他天经地义能给我买来任何我想看的书。

但是，我爸遇到了难题：我要的好几本老舍的书，出版社也没有，退钱给他了。那时候，他是我要星星决不摘月亮给我的。

怎么办呢？他脑子一热，就给舒乙老师写了封信，问他有没有。

有的有，有的没有！有的几本，很快就寄来了！就这样，我收到了来自舒乙老师的第一封信。

就这样，舒老师寄来的第一封信，把我从懵懂中唤醒，我飞快地确立了人生目标：学文学！从那一天起，有好几年，我一直在和他通信，直到最后一次，十年后，我得到他密密麻麻仔细填写后寄来的博士论文评阅书。现在，他的这些信，有好几十封，都在我手边，我却不大敢打开，生怕惊扰了珍藏在里面的岁月的魂灵。

最初的通联，都是一些幼稚的提问，但每每能换得他不厌其烦的解答，和亲自复印的资料。终于有一天，我跟他说，考上复旦大学中文系了。他的回信也很愉悦，这句话我一直能背诵，他说："几乎能肯定，又多了一位研究老舍的学者。"

就是这样，这十年从入门到做出来一篇还算像样的论文，这句话，我不能忘，不敢忘，也不会忘。我也一直不认为几乎只研究一位作家是一件不对的事情。人生太短暂，意外太多，如果能做好一件事情，便是上天极大的恩赐。而这鼓舞我前行，温暖我人生，决定我职业选择的第一句话，就在那封北京来信里。

第一次见面是1994年。

那年我大学毕业。拿了篇本科毕业论文就不知天高地厚地去长春参加学术会议了。一路上，就像娃娃那首歌唱的，"为了这次相聚／我连见面时的呼吸／都曾反复练习"。而真的见到舒老师，却一点也没有紧张，也容不得我紧张。他这个人——多年以后我也一直这么认为——就像个永远放射着光芒的小太阳，特别能聊天，特别自来熟，说话特别有感染力。那第一顿好客的东北晚餐，听他讲了很多好玩的、可叹的北京人艺的典故；那最后一顿隆重的闭幕午宴，他用纯正的俄语、浑厚的男中音演唱苏联歌曲《小路》。这么多年过去了，会开的什么内容早就忘记了，舒老师讲的故事和动听的歌声却时时回响在耳畔。

会议结束后，我和我爸在北京汇合，逛遍了在地图上游览过无数次的北京的大街小巷，又随同去的学长郑重地捧了鲜花，登临中国现代文学馆，去拜访舒乙老师。

那天我和伍学长一起，就像贵宾一样坐在文学馆的大会客室里，和舒老师天南海北地聊天。现代文学馆那时候还在万寿寺。那曾经是慈禧太后的一座行宫，当时给文学馆用，珍藏各种作家的手稿、文物，不对外展示。舒老师那时是副馆长。聊了一会儿天，他就站起来，带我们一间一间地参观。他每推开一扇厚重的大门，我就听到来自岁月深处的一声"吱呀"的回响。就这样，一间又一间，他认认真真地带我们看完了整个文学馆，丝毫不把我们当成两个少不更事的大学生看。他对那些文物满怀敬畏，如数家珍。当时的感觉，也是之后长久的感觉：这是一位真正的用全身心热爱着文物的管理者。

见到舒乙师之前，我已经读过很多他的文章。在认真阅读他写的各种散文和论文的时候，他最早带给我的"老舍之子"的定义会渐渐地很稀薄。在我的阅读经验里，他就是一个散文家，偶尔会写一些关于他父亲的，或者深情，或者充满趣味的文字而已。当时，我读过他写的《悼杨犁》（好像是叫这个题目）和《哭任宝贤》，都是登在《文艺报》上的，从那些深情怀念挚友的文字里，我读到了悲天悯人，读到了风趣睿智，读到了惺惺相惜，也读到了人以群分。

就在那天，带着我们参观完文学馆之后，他又请我们在文学馆门口的小饭馆里吃了简单的午饭。这也是我第一次吃到苦瓜。吃饭的时候，我把读《哭任宝贤》的感受复述给他听，问他一些他在文章里没有完全吐露的事情，他都一一告诉我了。因1988年北京人艺到上海演出，我爸带我看了任宝贤的好几个戏，对他印象特别深刻。不料不久以后看到的一篇关于他的文章竟是舒老师写的悼文，而任宝贤也是跟我终身仰慕的老舍、邱岳峰、董行佶一样自杀而死，实在是非常震惊。《哭任宝贤》和舒乙师的其他文章一样，清通流畅、真情流露，却因为怀着克制的深情记述而令人读时泪洒衣襟。

午饭后就到了分别的时刻。我们问他坐一个什么公交车怎么走，这时，在饭馆儿门口，舒老师跟所有的北京人一样大大咧咧地一指："往前一百米就到！"

我们走了一个多小时还没走到。

再后来我慢慢地正式步入老舍研究的行列，和他见面也变得规律起来，一般是每过两三年在开学术讨论会的时候会见面。因为我觉得他越来越有名，也越来越忙，聊天就不再那么深入了，写信也渐渐地少了，慢慢地发展到只是过年通一张贺卡。但有几次舒老师到上海开画展的时候，会把请帖发到我和史承钧老师家里，我们就会去参观他的画展，顺便和他闲聊几句。

2012年11月，在福建漳州开老舍会。刚报到完不久，吃午饭的时候，有人在背后拍了我一下。我回头一看，是舒乙老师。他把一本书塞到我手里，说："这是新写的，送给你。"这本书是写北京和承德的藏文石碑和藏式建筑的，叫《见证亲密》。我知道他这些年一直在为保护北京的古建筑较劲，想来这书也是成果之一吧，就高兴地收下了。展卷一看，名已经签好了，落款日期是10月15日，原来是10月份就签好了带来的，又特地拿到餐厅来寻我。

再后来的一次会议是2014年很多老先生一起到俄罗斯开会，舒乙老师因为在苏联留学过，听说又当导游又当翻译，玩得很尽兴。但那时因我已经远赴澳大利亚陪教，所以没有去俄罗斯，也就错过了最后一次和他老人家盘桓的机会。

人生就是这样，以为一直还会再有的事情，突然就中断了，再也没有了。以为不久又会见面的人，以为错过这次还有下次，却突然就没有下次，再也不见了。

我刚读了一篇马未都先生写的悼念舒老师的文章。他说，舒乙脑溢血之后，在床上躺了八年，这几乎是他人生的十分之一的时间。虽然舒老师在床上并没有躺这么多年，但，没有八年，也有六年。想想就难过，这是一段多么难熬的岁月！不知道这近六年的漫漫长夜他是怎么过的。不知道在这漫长的看不见星光，看不见五彩，看不见他热爱的北京城的时光里，会不会有那么一个瞬间，他会想到过我。

2021.4.23

辑三

停不下来的红舞鞋
——读《我的配音生涯（增订版）》随感

1998年3月，我刚学会上网那会儿，在高人指点下开始用Yahoo找资料。当时输入的第一个检索词便是"邱岳峰"。过了一阵子，经常去闲聊的论坛里，有个网友突然说："我今天去南京东路新华书店，买到了苏秀写的《银幕后的岁月——我的配音生涯》。"

于是瞬间被击中。耳边回响起英国电影《孤星血泪》里老小姐哈威夏姆那声古怪而阴郁的"匹普"，童年阴影无边地铺展开来，心却开始激动地狂跳。人的一生有时会不期而遇这样的难以忘怀的时刻，就像浮士德由衷地叫出"请停一停"那样的时刻。

第二天就去了南东，就在上楼左转十几步的书架上，有两三本《银幕后的岁月》正静静地站在那里等我。我小时候最喜欢上译厂配音的电影，但彼时不看译制片已经很多年，唯一可以用来和童年的观影经历接通的是几盒几乎要听坏了的老电影录音剪辑的磁带，翻开这本书，自幼便稔熟了的声色气息扑面而来，它马上成了我金不换的珍宝。

现在想想，那就是我和《我的配音生涯》这本书的初恋了。

十六年过去，《我的配音生涯》从最初的那本不起眼的小册子华丽变身两次，成为现在高大上的模样。其中的原因除了苏老师痴心不改、笔耕不辍，编辑陈飞雪同学忠实守候、志在必得之外，上译厂多年经营的精湛艺术培养的观众群落也是不可小觑的一股力量。因为这股力量，1998年出版的《银幕后的岁月》（上海译文出版社）和2005年出版的《我的配音生涯》（文汇出版社，下称旧版）早就卖断货了，据说在有的网店，已经有书商给旧版《我的配音生涯》标上了每本468元的天价。

旧版问世的时候，我曾经写文章谈过《我的配音生涯》的意义，我当时说："尽管我们或多或少都看过译制片，也能叫得上来几个配音演员的名字。但是，对于那些电影、那些名字所蕴含的真正意义，以及他们的隐遁所暗示的文化危机，却未必都能心领神会。"我现在还想再多说一些，把话再说透一些。这本书在我心目中分量如此的重，不仅仅因为我目睹了它从酝酿到成书到扩充再版的全过程，甚至也不仅仅因为它凝聚了苏老师对配音事业倾注的毕生心血。我现在十分郑重地写下我对这本书的意义的理解：对于中国配音事业的拓荒者和把它带入巅峰状态的艺术家们，它是一部信史；对于译制片的受益者、配音艺术的享用者和怀旧一群，它是一种寄托；更重要的，普通读者可以借着展卷了解一位配音艺术家和她的同事们的艺术人生的机会，从一个特定的视角，重新审视和深入思考有关共和国人文艺术史的种种问题。

苏老师担任译制导演的片子有几百部之多，拥有观众最多的我想应该是《虎口脱险》。这部电影我看了大概能有三十几遍吧。

电影一开始，一架英国轰炸机在巴黎上空被德军击落，机组成员全体跳伞。镜头切换到歌剧院里，指挥斯坦尼斯拉斯正在指挥乐队排练。一个乐章完结，指挥很满意，他点头说："谢谢！你们奏得很好！奏得很好！"旋即看到两个在偷偷聊天的乐手，他火儿了："就是你，我没有听见！什么也没有听见！你不停地说话，老不集中！你要全神贯注！"再凝神一想："这个作品要按我个人的理解，奏得还不够奔放，还不够慷慨激昂，要慷慨激昂！叭叭叭叭嘟嘟嘟嘟嘟……嘟！嘟！嘟！！！现在呢，见鬼，呢呢呢呢呢呢……就像温吞水！好像不错，其实很糟，很糟！回到十七小节！"

"回到十七小节"，多么令人心动的台词！这也是陈叙一的、邱岳峰的、苏秀老师的上译厂习惯的一种工作状态。唯其曾经拥有过这样的工作状态，且日复一日，几十年不易，这段高难度的台词，经由译制导演苏秀老师的设计和配音演员尚华老师的声音表演，才能达到如此精准的声画合一的配音效果。

来看看苏老师在书里是怎么回忆的："在《虎口脱险》开始工作，导演对全体讲戏时，尚华对指挥亮相戏，提出：'他开始说演奏得很好……怎么忽然又认为整个演奏都不对了？'我忽然想起了当年陈叙一厂长在鉴定《远山的呼唤》时，也是开始说：'这部戏配得不错，王建新不错。'然后忽然话锋一转：'小翁不够夸张（小翁配小店主虻田）。这肯定是导演的责任（指我）。导演一贯喜欢含蓄嘛！毕竟配戏一向以不变应万变，这次的感情怎么那么丰富？小丁的戏，一半配得好，一半不好，也别补了，补也补不出来了。'"

怎么样，老头儿（上译厂演员们对陈叙一厂长的昵称）就差说"回到十七小节"了吧。

所以，"回到十七小节"，一遍一遍寻求趋向完美的可能性，这就是陈叙一和他的团队的工作态度，也就是苏老师的人生态度。

可以说，《我的配音生涯》这九年的修订增补的历程，也是这样一个"回到十七小节"的历程。

最早的修订来自我的一个发愿。

我最喜欢听苏老师聊天了。有的话题,明明听她讲过了,偶然她忘记跟你说过,又说一遍,也愿意再听一遍。《我的配音生涯》里的很多文章,就是苏老师经常谈起的一些话题的直写,比如《恍恍惚惚的一群人》《邱岳峰——我们配音演员的骄傲》,就几乎原样地听她讲过。苏老师讲这些事的时候,语气不急不缓,语调摇曳有致,哪怕我们在边上听得乐不可支或者愁肠百结,她总是那样不急不缓,娓娓道来。殊不知,她一边回忆,一边讲述,一边正是在打腹稿呢。这样的文字才真正是"我手写我口",无铅无华,妙趣天成,可以用作写文章的范本的。2005年,《我的配音生涯》终于付梓出版,当时我就说,苏老师那么生动的讲述,变成铅字一行行规规矩矩排列起来之后,那种让你如临其境的感觉就打了折扣了,如果能挑选这本书里的精华章节再录一个有声读物出版该多好!

当时是当梦话说的,没有想到随后的一两年,因为得到来自中央电台、上海电台、译制厂的几位贵人的协助,苏老师真的选择《我的配音生涯》里讲述她的同事们的精华桥段,配以录音剪辑,制作了一套叫作《余音袅袅》的声音光碟。这事的来龙去脉,苏老师在新版里增补的《我奉献给你们的礼物》和《总会遇到"同志"》这两篇里已经备述了。

在录制《余音袅袅》的过程中，苏老师把书中需要提炼出来做有声版的章节进行了一次修改润色，她往往头两天改，后两天就拿着用铅笔划过道道、增减过文字的书去译制厂录音。就这样，把《余音袅袅》她解说的部分录好，相关的文章就全部改过一遍了。她录《邱岳峰——我们配音演员的骄傲》那篇的时候是我陪她去的。她静静地坐在录音棚里，就像平时对我们讲故事一样，不疾不徐地读着，读到最后一句话"他去世的那天晚上，中央台播出了《白衣少女》"的时候，她先是轻轻啜泣，随后泣不成声，过了很久才平复下来，把这句话完整地录好。

因为读书写作已经成为自己的一个爱好，所以，尽管《我的配音生涯》出版了，《余音袅袅》也录好了，苏老师还是不断地写了新的文章发表，这九年里写下的文字，就是现在这本《我的配音生涯（增订版）》里增加的1/6的篇目了。

这些年里，苏老师的思考依然是围绕她的"红舞鞋"——配音和译制片展开的，她思考得最多的问题，用2006年在北京开的一个小型研讨会的题目来说，就是译制片"活着，还是不活"的问题。这些年她用这个问题考问过很多人，更是久久地考问着自己，真像鲁迅说的，纠缠如毒蛇那样地思考。为此，她以八十多岁的年纪，还是不断地把重看老译制片和审看新译制片当作自己的一项日常功课来做。听说德国的、法国的、意大利的译制片事业非常兴旺，她就托朋友、学生带这些国家的译制片碟片给她。前几天，她转发给我一篇文章，是施融给她看的《纽约时报》的一则报道，这篇文章介绍了现在德国的配音业的现状。文章说："在法国、西班牙和讲德语的国家，配音是进入市场的首要条件。据德国联邦电影委员会估计，德国去年上映的约175部英语影片中，超过九成是配音版。"而接受采访的首席配音员迪特马尔·文德尔说："作为一名配音演员，你能得到的最好赞美就是没人意识到这是配的音。我们的工作就是消失在原版后面，让观众不会想起这一点。"苏老师在给我的邮件里这样写："这是施融发给我的最近的《纽约时报》上面的一篇文章。他说：'你看了要吐血的。'但是它也印证了我的很多想法。如：译制片应力求完美；在细节上投入；最好让观众忘记这是配音。苏秀"

苏老师，一位马上就要过九十大寿的世纪老人，除了是一位老导演、老艺术家外，她还是中国近现代历史的见证人和亲历者。因此，她的书里也渗透了这方面的追忆和思考。不可置疑，中国译制片的历史，本来就和共和国风云休戚相关，上译厂的几位最著名的演员，邱岳峰、毕克、尚华，以及老厂长本人——苏老师曾经独立组稿，专门为他们四个人编了一本书，叫《峰华毕叙》——他们的从艺经历也都是跌宕起伏，非片言只语能够尽述。长年累月被"内控"的邱岳峰、尚华，因为参加过国民党的篮球队而背负了"国民党特务"罪名的毕克，还有其他更多的莫须有罹罪的同事，自然也包括自己在"文革"当中被关"牛棚"的经历，这些都引发了苏老师对国家命运的长久的思考。

2009年4月的一天，苏老师给我打电话说，多一张《高考1977》的电影票，问我看不看。我说看，第二天就一起去看了。放完电影一亮灯，我发现她在抹眼泪。她说，看电影的时候，自己一直在哭，从头哭到尾。因为想到很多事情。那些年，她的三个孩子有两个去插队了，侯牧人到东北插队的时候还不满十六岁。那天去送侯牧人，她忍着一直没哭，回家之后，发现女儿侯牧遐把家里所有的灯都打开了，于是和女儿抱头痛哭。而我拿的这张票本来就是侯牧遐老师的，她坚决不肯来，因为她本人就是知青，而且1977年参加高考已经被录取了，但是名额被别人顶了。她觉得要是来看了一定会受不了。这些事情，苏老师后来写了一篇文章叫作《我家的"一片红"》，也收在增订版里。这种既小见大的通过自身经历写国家命运的文章，在这次增补的内容中比较多。它们也就是最近十年来，译制片的兴衰之外，她的另一个瘠寐思服的问题。

最近接受采访时，苏老师又一次说起，自己就像穿上了《红菱艳》里那双停不下来的红舞鞋。我觉得这不仅仅体现在对完美艺术的思考和追求上，也体现了她作为一名中国知识分子的强烈的责任感。所谓"知我者谓我心忧,不知我者谓我何求"。苏老师喜欢以背诵古诗词的方式做头脑体操,她最爱的一首是陆游的《十一月四日风雨大作(其二)》:"僵卧孤村不自哀,尚思为国戍轮台。夜阑卧听风吹雨,铁马冰河入梦来。"

这便是一位大艺术家的大境界、大情怀。

(《我的配音生涯(增订版)》,苏秀著,上海译文出版社,2014年11月第一版)

2014年

绝唱
——忆刘广宁师二三事

临近期末,事情特别多。但是刘广宁老师突然逝世的消息让人手足无措,觉得一定要写一点什么下来才能心安。

翻出旧手机,登录微信账号,在通讯录里找到"刘广宁",一段记忆就回来了。这大概是电子时代对我这样记忆力不好的人的一种恩惠吧。

我还记得她刚开始用智能手机的情形。那是在2016年的冬天,那天,我们中午就去她家了,直到天黑才离开,就是帮着老太摆弄她的新手机。说来我一直挺拒绝称刘老师"老太"的。从我七八岁会辨别美好的人声开始,她那极具辨识度的音色就把她定位在"少女"这个身份上了。直到现在,她八十一岁,去世了,对我来说,她还是少女。

她的内心也一直十分少女。有一些恒定的,几十年不变的理念和原则支撑着她。第一次一起吃饭是在2008年11月。那时她刚从香港回来不久。她和潘先生本来是满心欢喜回归上海定居,没想到家还没安顿好,潘先生就突然去世了。那一阵刘老师的心情可想而知。苏秀老师就说,不管有什么事情,都要拉上刘广宁,我们要让她忙起来,开心起来。所以就有了那次在梅龙镇的小酌。我还记得吃完饭下楼,童自荣老师说:"我的车在出门右拐的地方。"苏老师说:"你怎么有车了?"童老师一笑:"自行车。"

然后大家就嘻嘻哈哈地分手了。这时刘老师说她要去买一本《新华字典》,因为回上海后很多东西打着包没有拆开,一时找不到字典。我就自告奋勇带她去。当时,我想着南京西路新华书店走走就到了,就搀着刘老师溜达过去。没想到,平时自己走走就能到的书店,搀着她走了很久。这时候我才意识到刘广宁老师是个老人了,有点后悔和她一起去买字典。我应该让她在梅龙镇坐着等我,我自己走去帮她买来的。

后来越来越熟识了,几次到她家,看到这本《新华字典》

一直静静地躺在她的床头，才领悟到，字典对于刘老师这样的配音演员来说，就是一生不离不弃的最重要的伙伴。作为上译厂的死忠粉，我听说过孙道临长年携带一本小字典，走哪儿翻哪儿的典故，也见过邱岳峰的遗物，一本翻烂了的《新华字典》，现在，刘广宁对字典的重视和珍爱又让我对配音演员这个群体片言只字也不放过的职业修为有了进一步的体认。

用上新手机不久，刘老师又忙活着装微信，学习用微信打字、语音、传图片。她几乎没发过朋友圈，也不懂得把朋友圈设成只能看三天的。所以我至今还能看她唯一发过的三条朋友圈。一条是2017年9月30日发的一张和小孙女一起游戏的照片；两条是文字信息，是今年1月连续发的两条一模一样的信息，大意是她因为修手机，不当心把微信里的图片都搞丢了，希望和她互发过图片的朋友最好能把图片再发还给她。

但是她是看朋友圈的，有时看了我发的朋友圈，会跟我讨论。有一次，她突然跟我说："看到儿子在微信转发了《晚年胡蝶》资料内有一张胡蝶在柏林的公园划船的照片，她身后戴帽露出半个脸的按此照说明该是我父亲。此照我曾于上世纪八九十年代在一本名人的回忆录上见过，去年又在电视台曹可凡访谈老明星的节目里看到。您曾发给我早年我祖父在德国柏林使馆接待访欧的胡蝶梅兰芳的照片,看来是同一时期的事。可我没这本书,亦没当回事。你们研究者或有参考。"当时,是她的儿子潘争转发了一篇题为《晚年胡蝶》的文章,里面有她父亲的照片,她就联想起我曾发给过她一张旧画报里的她祖父母(刘老师的祖父刘崇杰曾任中国驻欧洲四国公使)的照片。照片本身不是很珍贵,已经各方征引,但是这张画页里这幅照片的文字说明引起了我的注意,如下:"柏林中国公使馆五月二日举行茶会,欢迎梅兰芳,周剑云夫妇,胡蝶,图为刘崇杰夫妇及胡梅。"我就顺便在网上查了一下周剑云的资料,发现他在1935年2月到7月与胡蝶应邀代表明星公司出席了苏联国际电影展览会,参加了德国国际电影会议,并到巴黎等地进行了考察。所以我就合理推测刘崇杰夫妇和梅兰芳、胡蝶的这张合影摄于同时期,即1935年5月许。因为潘争的书里明确说了刘崇杰其时专任中国驻德国公使,所以也能和图片的说明相合。这个推测和图片,我一股脑儿发给刘老师了,后来就没有再想这件事。没想到,过了好几个月,刘老师看到了相关的资料,又回发给我,还说"你们研究者或有参考",这让我觉得非常惭愧,也对她的心细如发又有了深入的感知。

下面就是我说的那张画页:

下面是刘老师发给我看的她父亲和影星胡蝶一起划船的照片，图片说明为："1935年，胡蝶泛舟柏林郊外，同游者为中国驻德公使刘崇杰之子。"

2018年11月，CCTV6（电影频道）为了纪念改革开放四十周年，每天一部，连续播出了四十部经典译制片，引起了怀旧一族小小的轰动。11月17日晚上近11点，刘老师突然发来微信："正在播出的《尼》不是我厂配音的版本！"这里的《尼》是指经典侦探片《尼罗河上的惨案》，不但出演此片的演员强手如云，配音也荟萃了20世纪70年代末上译厂的最强阵容，刘老师配音的冷血杀手杰基更是当时对她"公主"声线的一大突破，始终被她引以为豪。但是当天晚上作为改开精品译制片连播的重头电影，电影频道却放错了版本，其时微博上已经一片哗然。刘老师不上微博当然不知道这些，她就是觉得很生气，就发来这么一条微信。

下面是她和我的聊天实录：

刘：正在播出的《尼》不是我厂配音的版本！（11-17　22：46：49）

孙：嗯，微博已经炸锅了，太可气了！（11-17　23：00：18）

刘：既标明是经典译制片展映的概念，就该是个回顾展，希望后面几部别再如此。（11-17　23：57：35）

孙：这个不好说，感觉播片子的人完全外行，才会如此。刘老师早点休息呀。（11-18　00：01：12）

刘：且不谈译制质量，亦可以在别的时段播其他版

本，但这主题是回顾经典译制配音，太不妥了吧！（11-18　00：13：44）

孙：是啊，就是他们完全不懂啊，也没有人把关。（11-18　00：14：14）

刘：这是起码的概念，不难理解呀！（11-18　00：16：19）

孙：嗯……很难让完全不懂的人理解，估计他们根本不会选，拿到哪个是哪个。（11-18　00：17：48）

刘：网上反应大吗？若是拿错那可真令人哭笑不得了。（11-18　00：21：00）

孙：大的。都在骂。(允悲表情)（11-18　00：22：57）

刘：我会坚持看完。我更体会做好译制片声音形象的再创造，还原原片的不易和重要性。（11-18　00：38：37）

孙：刘老师太敬业了！早点休息！（11-18　00：41：52）

这时候已经快一点了，我撑不住去睡觉了，八十岁的刘老师还在看电视，体会着"做好译制片声音形象的再创造，还原原片的不易和重要性"。这往事，要不是微信帮我记录下来，我自己都会恍惚是否真的发生过。现在想到这件事，顿时觉得非常难过。因为过不了几天，刘老师就突然跌倒住院了。从这次住院开始，住院出院再住院，直到前几天，6月25日凌晨，她竟带着对人间的不舍和爱与世长辞了。

电视台放错《尼罗河上的惨案》后两天，也是在半夜里，刘老师又发来一条微信："上译配音的有些外国影片多年后曾有其他配音版本在电视或光碟上出现，且先不论译制配音质量，这是另一话题。但现在这套节目我理解是早年经典译制片配音的回顾展映，是怀旧、怀念，亦是观众所期待的。那播出的影片就必须是早年译制的原汁原版，若因种种困难有些暂无法播，那就只能放可以播映的而不能拿其他配音版本来替代，不能有悖主题的概念，不要让满怀期待的观众遗憾。供商榷。"（11-21　00：03：50）

唉，她一直想着这件事，意不能平啊。

刘广宁老师一生译配了大量经典译制片，塑造了无数生动鲜活的声音角色。有两部她配的日本片的片名，我觉得就像是她生命的写照。一部是《生死恋》，你看我刚才记述的这点滴小事，是否反映了她和译制片事业如影随形的生死恋爱呢？还有一部是《绝唱》。对我这样的影迷来说，刘老师留下的声音作品，就是最美的人间绝唱；她的对钟爱的事物的少女一样的执着，也是一曲无法复制的绝唱。

2020.6.29

我听到传来的谁的声音
——悼刘广宁老师

6月25日凌晨三点多,被蚊子咬醒,起来点蚊香,顺便开手机看了一眼。朋友圈里,潘争发了一张他妈妈刘广宁拿着话筒在朗诵或者讲话的照片,说,刘老师在1:02故去了。

顿时就一点睡意也没有了,静静地坐了一会儿,感到很难过。

当天是端午节,我和几个朋友一个星期前就约好了去养老院看苏秀老师。因为疫情隔绝太久,我们也有半年多没见到苏老师了。一见面,苏老师就说:"刘广宁去世,我太难过了。"她说,两个多礼拜之前,刘广宁还给她打了电话,她俩聊了很久。她告诉我们,刘老师对自己病情的严重性一无所知:"刘广宁说,医生让她吸氧,她不肯吸,她怕吸氧多了会养成依赖，以后生活里离不开吸氧了，会影响上台表演。我说，你吸啊，吸了好过点你为什么不吸？这是吸氧，又不是吸毒！"

听了苏老师转述的广宁老师的话，那个像《魂断蓝桥》的玛拉一样爱美、像《孤星血泪》的艾斯黛拉一样执拗、像《生死恋》的夏子一样一往情深的刘老师就又出现在眼前了。

我常说上译厂的洋气是胎里带的。这至少包含了身处大上海繁华闹市的地利和群英荟萃的人和。"人和"里，有"峰华毕叙"（这是十几年前苏秀老师为纪念老厂长陈叙一，老演员邱岳峰、尚华、毕克编撰的一本书的书名）从旧时代的洋场文化摸爬滚打过来的痕迹，也有从小就接受了沐浴过欧风美雨的家庭的熏陶，并且化为终身的行为印记的艺术家们的亲力亲为，这其中就包括了刘广宁老师。

大约在 2014 年，刘老师酝酿动笔写《我和译制配音的艺术缘——从不曾忘记的往事》这本书的时候，我说："您写点童年的家事啊。"她坚持不写。她写的是厂里那些老人的流年碎影、从艺近六十年的心得体会，最终化为一句话："我爱这一行"（书内第 85 页同题散文）。她说她不想炒作家庭背景，但那是构成她底色的家教啊。她那担任过四国公使的祖父，也许做梦也想不到，他青壮年时期的阅历会涓滴无遗地沁润到孙女刘广宁的血脉中，又随着她进入钟爱的译制片"这一行"后，通过对原片"上天入地、紧追不舍，拐弯抹角、亦步亦趋"(陈叙一语)的声音演绎，最终转化为一代电影观众的耳福。

"爱情是怎样来临的？是像灿烂的阳光，是像纷飞的花瓣，还是由于我祈祷上苍……"这《生死恋》的优美台词是我对刘老师最初的记忆。就像爱情的阳光突然照亮夏子的生命一样，刘老师和她的同事们，他们的多彩音色，以及叠加于天赋之上的勤勉刻苦也就此响彻了我们的人生。苏秀老师曾经说起，配一些难度比较高的角色的时候，她和她的同事们常常会连续几天沉浸在人物的情绪里，"走路、吃饭都想着影片中的情景，尽量少与同事和家人说话"。她说她配《孤星血泪》彩色版的那几天里，就一直是这样的状态："这样，在正式录音时，就能比较容易地进入角色，使人物的感情衔接"。(《我的配音生涯》)顺着这个话题，她说，听说有一天，素来温良恭俭让的刘广宁在家里突然目露凶光，大叫一声，把爱人和孩子们都吓坏了。原来彼时刘老师正在琢磨《尼罗河上的惨案》的凶手杰基的人物处理，因这是与刘老师胜擅的柔情少女完全不同的人物类型，所以需要付出格外多的精力研究，方能获取银幕上和演员共同完成人物的理想艺术效果。

据闻，在刘老师逝世的噩耗传到日本的当天，因《生死恋》的夏子在20世纪70年代后期惊艳了华夏的日本演员栗原小卷发来唁电，并说："我们一起，以出色的工作奉献了精彩的作品。"我觉得刘老师若在九泉之下收获这样的回响，也会含笑点头的。

而刘广宁老师，她的珍贵，以及她代表的那种具有独特气质的上译品格，也必将随着岁月的流逝，越来越多地显示出来。

2020.7.3

《天书奇谭》，像童年一样美好

看守天书的袁公相貌堂堂，威风凛凛，赤眉红髯，不怒自威。然而他在天庭官卑职小，群仙赴瑶池盛会，没他什么事……

在这一点上，玉帝好像永远不知道吸取教训。上次不让看守桃园的猴子赴蟠桃会，惹出的"大闹天宫"的麻烦还不够大么？

好了，袁公听说不让自己去瑶池喝酒，一怒之下竟然砸开玉帝的保险箱，把天书拿了出来。

这才引出一段袁公孵神蛋，神蛋生小孩，小孩斗群狐，群狐偷天书的传奇故事，名曰《天书奇谭》。

1

1983 年，我十一岁，读小学五年级，《天书奇谭》看的是学校组织的包场。包场看电影，那是多出来的一个节日，往往是课上到一半，全校集合，游龙般排着队杀到电影院。我们小学因为就在蓬莱电影院隔壁，从来都是包场到蓬莱看电影。但那天，不知是因为什么，竟然是大家一起走了一刻钟来到新造的南市影剧院。三十五年过去，童年的很多事情如影子一样消散了，唯独那次包场看电影，银幕上打出"天书奇谭"四个大字的时候内心的激动，怎么也忘不了。

十一岁已经（从收音机里）听过不少电影，能准确地捕捉美妙的声音，判断英俊和丑恶，用现在的话说，基础的审美都有了。当长得帅气、声音又好听（毕克啊）的袁公出现的时候，便是完全地被他俘虏。这一俘虏，就是一辈子。

好看的、动听的、睿智的、勇敢的、慈祥的、神奇的——满足了童年对爱与美所有想象的那个老爷爷，袁公，当玉帝的大锁链子把他紧紧地锁上，拖回天庭的瞬间，那种混合着仰慕和心疼的感觉，三十五年来，每看一次《天书奇谭》都会重现。这是一个可以载入史册的结尾，不但可以载入中国动画片史，而且可以载入世界电影史。

从片尾往前回想，当袁公第一次把天书交给蛋生的时候，就应该已经料到了自己会再次被捕，也许要面临永远无法解脱的困厄。对于天庭，虽然天书上明明白白写着"天道无私，流传后世"，但是一千年又一千年的严加看管，就是要杜绝它"流传后世"的可能性。从玉帝的视角来看，天书是在善良的蛋生手里,还是在邪恶的妖狐手里,没有区别。虽然袁公推倒云梦山,压死了狐狸精,但他动了维护天书初心"天道无私,流传后世"的念想,就错了,就罪该万死了;何况他把天书交付了一个未经世事的小孩,谁能料到小孩以后会变成怎样的一个人,将来会发生些什么事呢?所以,袁公被擒的那一刻,死死地盯着蛋生,一字一字地说:"蛋生!你要好自为之啊!"

为什么说这个结尾了不起,因为它不仅摆脱了"大团圆"的庸俗叙事的套路,而且把袁公的故事升华到了普罗米修斯盗取天火的高度。这是 20 世纪 80 年代新启蒙大背景下才会出现的中国电影,不仅仅是动画片。

2

《天书奇谭》虽然是有《三遂平妖传》故事作蓝本的,但是在改编的过程中已经完全摆脱了古代小说,用当下流行的二次元"术语"说,已然是《三遂平妖传》的一部 OOC(Out of Character)改编作品了。

就在前几天的上海交响乐团《天书奇谭》交响音乐会后的观众见面会上,导演之一的钱运达老师说:"《天书奇谭》的故事是冰糖葫芦式的。"我觉得他说得很有意思。《天书奇谭》不像传统的电影,有明确的起承转合,但是你又不能说它没有起承转合。它起于袁公偷刻天书首次被捕,合于袁公推倒云梦山二次被捕，从叙述本身说，是一个很完满的圆。但是在故事的起点和终点之间，是蛋生和狐妖一次次的相遇，就像诸葛亮六出祁山一次次会司马懿似的，没有说哪一个回合是特别的高潮。所以钱运达老师说，这是一个冰糖葫芦式的故事。

那么串成这个冰糖葫芦的一个个果子又是什么呢？邪恶，邪恶，再邪恶……只有更邪恶，没有最邪恶。所以它与众不同啊。很多"80后"说《天书奇谭》是他们的童年阴影，大概就是因为这个吧。

当然电影本身没有我说的这么恐怖，在电影里，邪恶是幻化成谐谑展开的。我们看看蛋生和袁公面对的这个世界由哪些人（妖、仙）组成的吧：为争夺香火钱反目成仇大打出手的和尚师徒、忙不迭拍狐狸精马屁的地保、一门心思要狐狸帮他搜刮民脂民膏的老鼠脑袋县官、想娶"仙姑"以保一生荣华富贵的算盘肚子府尹、还流着哈喇子却满肚子坏水儿的卷笔刀小皇帝，加上那位不分善恶、不辨真假、滥用权力的玉帝——合起来，就是梁漱溟的父亲梁济先生的世纪之问："这个世界会好吗？"

3

"童年阴影"的极限一定是那只最会作妖的老狐狸啦。这只狐狸的形象设计参考的是京剧彩旦的扮相，造型古怪，神态诡谲，怎么丑怎么来，越丑陋越生动，越丑陋越有趣。

苏秀老师的配音也是合着这个人物的丑陋的扮相，加以各种夸张的装饰音。小时候，我们最喜欢学她怪里怪气的台词，什么"心～诚～则～灵"，什么"云从龙！风从虎"，还有什么"人不可貌相，海水不可斗量"，简直就是会动会出声的漫画。（怪不得现在都管动画片叫动漫。）

苏秀老师不但配了老狐狸，还是这部动画片的配音导演。有一次聊天，说起童自荣老师在《天书奇谭》里配的结巴太监，就那么一句台词："奉、奉、奉天承运，当、当今皇帝，知有仙姑，戏法甚妙，立即进宫，给我瞧瞧。谁敢违抗，杀、杀头不饶，钦此。"童自荣在《天书奇谭》出品的1983年可了不得，刚配了《佐罗》和《少林寺》，风靡全国，声音华丽而阳刚，怎么也想不到在这部动画片里这么逗，太监不算，还是个结巴，完全不见他声音里蕴藏的华贵之气。我问这是怎么做到的。苏老师说："好玩啊。当时这个片子给我们，在台词本里，这个人物也不是结巴，但是我看它画的口型太碎了，我就说，小童，你就给他配成个结巴吧。"

卷笔刀小皇帝也是一绝，这小孩，说话奶声奶气，口水直流，却是个色迷，坏不拉唧。曹雷老师在回忆文章里说："画面上的小皇帝老是流口水，北方人叫流'哈喇子'，苏秀要我配音时嘴里含半口水。我就跟苏秀商量，能不能在他的说话中间再加一点结巴，依据是那口水肯定会妨碍他说

话。这么一结巴，跟画面就配上了。"(曹雷《远去的回响》，P.159)

能流传长远的艺术品，就是这样不避粗鄙；真正的艺术家，就是这样放得下身段。

刚说了，前几天，我看了一个《天书奇谭》的交响音乐会，才有了上面这些回忆和联想。中国动画片，最美好的日子一去不复返了。希望美影厂多出点"周边"帮我们留住那些美好吧，袁公、蛋生、老狐狸、小皇帝、聚宝盆和聚宝盆里变出的八个爸爸，多哏，多萌，多惹人爱。这就是童年啊。

2018.7.12

邱岳峰有证书吗？

《峰华毕叙》出版一年了，版税迟迟没有到手，不过苏老师已经在盘算着拿版税做什么。她很想给四个老头儿做一套邮品，送给作者和一起策划出版这本书的人，今天约了邮票公司的人来谈，也把我叫去了。

约了十点见面，十点半左右邮票公司的人姗姗地来了。人还没坐定，就说："我们邮票都是一千至两千套起印，最低也要五百套，两万块钱预算不够。"然后又说，关键是这四个人没什么知名度，需要报批，报批呢，需要提供证明这四个人很有名的证明文件，不然不会批。如果没有证明文件呢，看看这四个人有没有什么证书，有证书就好办……邱岳峰和毕克没有知名度，闻所未闻呀，这话听得我一愣一愣的，她看我们愣神，又解释了一下，比方说，孙道临就很有知名度，后半句话没有说，她可能是想说，孙道临家里有不少证书。然后她拿出来一版宋庆龄的邮票样品，我就想，宋庆龄拿过什么证书呢？

后来谈得还好，因为已经确定了邱岳峰他们肯定是没有证书的，非但没有证书，邱岳峰还是"历史反革命"，毕克"文革"时候自己承认是国民党特务，尚华也被内控过多年，陈叙一此类"历史污点"可能没有，但是比起这三位来，他就更没有知名度了。既然已经如此了，那么就看看有没有别的可能性，我和苏老师又看中一套明信片，据说做这样的明信片不需要报批，也不需要知名度，有钱就行，我们就向邮票公司的人表达了这个意向，跟她说我们商量以后再跟她联系。

这人走后，苏老师的女儿说，她知道在北京也有个公司做邮票的，人家三百起印，更公道，随后她又给北京的那个公司打电话，对方的话相对说得比较活络，但也说要报批，答应先帮我们报报看。

证书啊证书，我郁闷地想着证书的事儿一路打着瞌睡到学校开会，又听了一耳朵的项目和评奖。这真是个辛苦的证书时代，活人辛苦一些也就罢了，虽然已经变态到小朋友从幼儿园开始就要考英文的、钢琴的各种各样的证书，但是为什么连死人也被追问起生前是什么职称，获过什么奖项呢？

2008 年

京剧的百年玩笑

1917年3月，当时力主新文化、极力排斥旧文化的《新青年》杂志，呼应胡适和陈独秀对"文学改良"和"文学革命"的倡导，开始向"旧戏"开炮。钱玄同说，"旧戏"（京剧）好比是已经废弃不用的骈文，"新戏"（话剧）好比是白话小说。刘半农说，（皮黄戏）"凡'一人独唱、二人对唱，二人对打、多人乱打'，与一切'报名''唱引''绕场上下''摆对相迎''兵卒绕场''大小起霸'等种种恶腔死套，均当一扫而空。另以合于情理，富于美感之事代之"。由此引发了《新青年》一干主编群殴北大学生张厚载的关于"旧戏"问题的论战。

这场各执一词的论战最终消泯于《新青年》的转向和京剧界自身的调整。不久以后的20世纪20年代，皮黄戏非但没有被废"旧戏"论者骂死，反而以四大名旦的崛起为标志，进入了空前鼎盛的时期。

说来，中国的皮黄戏（京剧）始于18世纪末叶四大徽班进京，外国的话剧从公元前好几百年那会儿就有了，从资历上比拼，话剧无论如何是更"旧"的，"五四"学人为什么非要把京剧称为"旧戏"，把话剧称为"新戏"呢？因为他们觉得中国再不学习西方就要被开除"（地）球籍"了，这种学习西方的急迫感使得他们想利用文学的样式尽快把西方的各种观念输入国人的头脑，简单说，这就是"五四"的"启蒙"。于是，在他们头脑里达成了这样的逻辑共识：外国的一定是好的——外国的都是新的——新的（其实就是中国本土没有的）一定是好的。

"五四"潮退，弄潮儿如钱玄同、刘半农等纷纷改换了主张，遁入保守一派。京剧虽然自我调节得相当完美，却抵不过"国家"的律令，从抗战京剧、《逼上梁山》到"样板戏"，走上了一条慢慢丧失本真的不归路。在这条变异的路径上，我们不但看到了文艺为政治服务的玄机，而且看到了京剧作为"旧戏"慢慢与"新戏"妥协，以至于合体的悲剧。

这个被妥协、被合体、被绞杀的过程，发生于班社院团，发生于艺人作家，发生于流派唱腔，发生于情节故事，面面俱到，触目惊心。举个小小的例子。《锁麟囊》唱词、行腔之美于今已成定论，但是在20世纪50年代的时候，这出戏因为宣扬"因果报应"和时代主旨不合，程砚秋先生不得已作了大量的修改，其中全剧结尾的流水板由"回首繁华如梦渺，残生一线付惊涛。柳暗花明休啼笑，善果心花可自豪。种福得福如此报，愧我当初赠木桃"改为"休把往事存心上，协力同心度难荒。力耕耘，勤织纺，种田园，建村庄。待到来年禾场上，把酒共谢锁麟囊"。虽然《锁麟囊》被巧妙地改变了主题，并拥有了昂扬的类似《兄妹开荒》的结尾，但是这出戏还是没有逃脱最终被禁演的命运。究其原因，还是因为当时的京剧必须服从于为政治服务的时代命题。

时序轮转，"五四"已近百年，在前辈凋零，元气耗尽的今天，受过"五四"咒诅的京剧终于被联合国列入"人类非物质文化遗产代表作"名录，可谓实至名归（——我指的是"遗产"二字）。于是，为了从这联合国给的"遗产"的碗盏中分一杯羹，各路牛头马面纷纷亮相，争相以救世主的面目出现了。

近日，一台融声光电于一体的3D"新京剧"《霸王别姬》隆重上演，美籍导演怀着"中国传统文化在21世纪能否有世界观众"的一腔忧愤，给霸王项羽涂了一张红黑相间的新脸谱；怀着对"长久以来，京剧艺术在表现手法上，往往过于注重程式而忽略了对故事的讲述"的不满，召来了一群白衣白面的形似日本歌姬的舞女陪着虞姬跳现代舞。再看报道，原来这戏是要在夏天去伦敦奥运会参加"中国文化周"展演的。如此，导演用这些包装手段来改写《霸王别姬》的用意也不难猜度了！虽然"五四"的文化自卑论只是当时知识分子忧国忧民的空谈，但经过百年来我们自己对文化的种种清理和"革命"，本土文化如何持守，是否有可能持守，已成为今日的文化工作者必须严肃思考的重要命题。

去年"江城子体"流行的时候，我编了一首歪词凑趣，以"百年京昆"为题，曰：

> 百年生死两茫茫，牡丹亭，锁麟囊。路遥马力，千里送京娘。平贵宝钏互不识，青霜剑，穆天王。
> 夜来痴梦忽还乡，长生殿，龙凤祥。海瑞罢官，祸事起萧墙。"从此跟定共产党"[①]，红灯记，沙家浜。

这些剧名串起来，构成了一个玩笑，说的是京剧被政治化的过去。现在张牙舞爪扑来的"新《霸王别姬》"，则构成了另一个玩笑，告诉我们京剧被物欲化的未来。但愿它终于仅仅是个玩笑。

2012 年

---

① 《智取威虎山》的唱词。

京剧乎，纪录片乎？
——批评央视纪录片《京剧》

去年，某制作团队大张旗鼓地上演那台大制作的新编《霸王别姬》的时候，我给《文汇报》写了篇文章批评它。我说，之所以某些人敢糟改程式，让霸王涂红脸，牵真马上台，是因为"时序轮转，'五四'已近百年，在前辈凋零，元气耗尽的今天，受过'五四'咒诅的京剧终于被联合国列入'人类非物质文化遗产代表作'名录，可谓实至名归（——我指的是'遗产'二字）。于是，为了从这联合国给的'遗产'的碗盏中分一杯羹，各路牛头马面纷纷亮相，争相以救世主的面目出现了"。

说来，"人类非物质文化遗产"真是一面照妖镜啊，谁在保存，谁在践踏，谁在寒夜里坚守，谁在大旗下乱舞，一目了然！最近央视热播的所谓大型纪录片《京剧》，就是扯了守护遗产的大旗耀武扬威大作其秀而端出来的一碗馊饭。

纪录片《京剧》连续播了八集，播出期间一次次击穿了观众的忍耐底线，从未经严密考证的谭鑫培是否得了四品顶戴的存疑史料，到称周信芳为"四大须生"的胡说八道，从把朱自清的照片安上周作人的大名伪造的《新青年》内页，到直接称抗战后发胖的四大名旦为"四大名蛋"的恶意玩笑，如此种种，不一而足。一时引来吐槽不断，各路观众竞相围观，此片想必也获得了预期的高收视率吧？

刚从中国戏曲学院戏文系的网页上了解到，这个纪录片被国家京剧院院长评价为"填补了从历史印记、时代视角、国际眼光、文化观照的层面，对京剧的发展脉络、生态环境、审美特征、价值取向进行全景式记录和评判的这一空白"。他进一步认为，"该片不仅是京剧艺术传播史上的划时代之举，也是民族文化建设的重大工程"。好吧，原来大央视的大制作纪录片，细节是不重要的。那么我们姑且认为细节不重要（重要与否自有公论），来看看此片在"历史印记、时代视角、国际眼光、文化观照"这些层面是否足够高屋建瓴、耳目一新以及入木三分。

——历史印记。纪录片就是记录历史印记的，这恐怕没有人会有异议。历史印记的第一要义就是真实。先不论观点正确与否，拥有足够准确并且在准确的前提下足够充盈的史料的纪录片，才是合格的纪录片。不妨问问看过《京剧》的观众，这部纪录片提供了多少真实的史料？那位说了，"真实"，要求太高了。好吧，降低要求刨去"真实"二字，这部纪录片提供了多少史料呢？哪个观众没有被各种矫情的对着天空田野、江河湖海乱扫一气的空镜头晃得眼晕？又有哪个观众没有被动用了大量有名的、没名的演员拍摄的劣质"情景复现"雷到？在第六集《凤还巢·坤伶》里，编导置新艳秋自己留下的珍贵录像于不顾，用新氏"换珠衫"的录音作背景音乐，让一位程旦在月色下配着此唱段作"找球"的身段，实在是滑稽可笑外加莫名其妙！而类似的弃置非常好找的真实史料却代以伪史料的例子在这部大型纪录片里实在是屡见不鲜。这样的纪录片，留下了什么历史印记呢？

——时代视角。所有历史都是当代史，这也是老生常谈了。时代视角，这不是新鲜玩意儿。做到以时代视角观照历史，这是纪录片的本分。做到了，不值得夸耀；做不到，应该检讨；做不到而自称做到了，并且沾沾自喜，甚或骂观众看不懂，那就是无礼了！那么，在"时代视角"这个问题上，这部纪录片做得如何呢？毫无疑义地，此片自始至终贯穿了一种陈旧的进化论的视角。从第一集《定军山·溯源》称京剧优于昆剧肇始，随后在第二集《宇宙锋·呐喊》里直接指陈"(京剧)慢吞吞要不得了，拖长音要不得了，老剧本要不得了，旧思想更要不得了，要向着'表达自我、控诉社会'的光明奋进"，以至于第八集《群英会·新生》终于完成了旧艺人"表达自我、控诉社会"的使命——是向着"样板戏"迈进了吗？——我们说，纪录片《京剧》的视角既无属于社会学历史学的批判力度，亦没有京剧史研究的新视角新观点作支撑，在展示"时代视角"这个命题上，此剧是完全失败的。

——国际眼光。说来我倒是确实不十分明白为什么一部展现京剧发展史的纪录片需要具备"国际眼光"，想来外国人拍的比方说展现歌剧或者交响乐发展史的纪录片是不需要具备"中国眼光"的。看了国戏网站上的介绍方才恍然大悟。此文称："今年4月初，在央视纪录频道参加的第50届法国戛纳春季电视节国际纪录片交易大会上，纪录片《京剧》的点击率在亚洲纪录片中名列前茅，让我们更加真切地感受到京剧艺术的巨大魅力。"我依稀记起来去年的"红脸霸王"本来也说要去国外巡演的，不知道演成了没有。我们本土的东西，祖宗说好不算好，自己说好也不算好，外国人说好才是真的好！这就是"国际眼光"吧？无怪乎这个大成本大制作的大型纪录片要大落俗套地以一大堆洋人学唱京剧的镜头作收尾了。怎么说呢？我真是觉得很丢人！你说呢？

——文化观照。在如此轻慢史料、无视京剧史留给我们的众多重要命题的情形之下，就很难要求这部纪录片有什么真正合理的文化视野了。首先，这个纪录片展示的是"新的必然胜于旧的"的文化观；其次，它进一步展示了"新时代的必然胜于旧时代"的历史观，这是一种非历史唯物主义的历史观和文化观。第八集《群英会·新生》为了全面展示这个历史观和文化观,说明"群英际会,众芳争妍,在这个蒸蒸日上的时代,古老的京剧终以自己的新生,收获了属于自己的四世同堂的黄金岁月。而京剧《群英会》的故事也从京剧鼻祖程长庚开始一直演到了今天的大型新编历史剧《赤壁》",竟然罔顾史实,将京剧学者傅谨的访谈断章取义为"京剧被禁演的旧剧目在20世纪50年代一直在慢慢地恢复上演,直到1957年全面解禁",我们能否问一声,后来呢?

综上所述,纪录片《京剧》从历史印记、时代视角、国际眼光、文化观照的层面,对京剧的发展脉络、生态环境、审美特征、价值取向进行了全景式的歪曲,我认为这是一部劣质的纪录片,希望制作团队本着对京剧负责、对观众负责、对纪录片负责的原则,进行全方位的返工。

2013年

补注:听说这部纪录片后来确定返工了。返工的效果如何,我没有看,不作评论。返工的态度值得赞美!

2022年

"新话"和样板戏

不知怎么的,样板戏又成为时尚了。翻开报纸,在说样板戏;打开电视,在放样板戏;上海大剧院赫然贴出"青春版样板戏"的海报。

我最早听到样板戏的唱段,大约是1986年的春节晚会,开篇大联唱是以《智取威虎山》的"今日痛饮庆功酒"作结的,紧接着又安排了两段《红灯记》清唱,一段是"提篮小卖",一段是"都有一颗红亮的心"。犹记得那年春晚之后,以巴老为首的一些老先生对样板戏进春晚提出了严厉的批评。巴老撰文说:"好些年不听'样板戏',我好像也忘了它们。可是春节期间意外地听见人清唱'样板戏',不止是一段两段,我有一种毛骨悚然的感觉。我接连做了几天的噩梦,这种梦在某一个时期我非常熟悉,它同'样板戏'似乎有密切的关系。"

同一时期，文学领域掀起了一个"寻根文学"的热潮，大致针对着此前三十多年的被政治左右的文学形态，进行某种寻找乡土之根的反动。作为"寻根文学"的一枝，"京味文学"作家们以寻找北京文化的根为使命，创作了一批京韵浓厚的小说。"京味作家"的代表人物之一苏叔阳有篇很短的小说，叫《我是一个零》，写一位跑了一辈子龙套的老演员沈大爷，在风烛残年之际，把他最后的那点精力都用在了录说戏的磁带上，他留下了五十五盘磁带，说了整整二十出已经失传的老戏，自己却活活累死了。小说里有这样的情节：

> 有一回，礼拜天，北屋的二妞学唱方海珍的核心唱段，全院都洗耳恭听这革命文艺战士的慷慨高歌。他呢，哆嗦着嘴唇，捂着耳朵，走到二妞跟前，眼含着泪说：
> "二妞，姑奶奶，您饶了我，饶了我呗，这不是京戏呀，这是糟蹋咱们，损咱们呐！京戏要是这个味儿，能到了今儿还不绝种吗？您行行好儿，别唱了，别唱了！"

听了沈大爷这话，二妞真的不唱了。她信口哼唱的样板戏唱段触犯了沈大爷从艺一生积蓄的对京剧的尊敬和信仰，她意识到了这一点，戛然噤声了。

但是春晚的样板戏没有噤声，"民意"既不能和当代作家的反思相配合，也不能和文坛前辈的"随想"相配合，样板戏还是大模大样地回到了艺术舞台上，似乎是一件天经地义的事情。又过不多久，更猝不及防地出现了"红太阳热"，各种"红太阳"磁带铺天盖地，街头的空气里到处飘荡着"北京的金山上"的歌声。

这既表明了通俗文艺的力量，也显示了"文革"制造"新话"的成功。直到今天，一旦有人在公众媒体上编排样板戏的不是，也总会有很多人跑出来历数样板戏的好处，什么艺术性高啦，唱段动听啦，武功扎实啦。殊不知样板戏的"艺术性"是建立在对京剧艺术本身疯狂践踏的基础之上的。样板戏之生，即京剧之死，如同沈大爷所说，"这不是京戏呀"。

刚才我们说到了"新话"，这是乔治·奥威尔在小说《一九八四》里创造的概念，意谓反面乌托邦的世界里，不需要丰富的旧语言，只需要简约的新语言。语言一直在演变，所以就要不断地编《新话词典》，而这《新话词典》是越编越薄的。"以'好'为例。如果你有一个'好'字，为什么还需要'坏'字？'不好'就行了"，"再比如，如果你要一个比'好'更强一些的词儿，为什么要一连串像'精彩''出色'等等含混不清、毫无用处的词儿呢？'加好'就包含这一切意义了，如果还要强一些，就用'双加好''倍加好'。……最后，整个好和坏的概念就只用六个词儿来概括——实际上，只用一个词儿。"（《一九八四》，第一部，董乐山译本）在"新话"的语言体系里，就是要拒绝复杂、多义、隐晦，代之以简约、单

一、明朗。毫无疑问，使用现代汉语之后的百年里，"文革"十年的用语是最简约、单一、明朗的；徽班进京后的两百年里，样板戏状态的京剧是最简约、单一、明朗的。清理了一切旧戏、整死了一批艺术家、消灭了各种京剧流派之后，要求全民只看样板戏、只唱样板戏，这更是一种集约化、高效率推广"新话"的方法，令人悲哀的是，IT DID。更令人悲哀的是，现在，它打着青春和怀旧的旗号，又回来了。

在这篇短短的千字文里，我无意推翻扭曲时代里辛苦创作出样板戏这门扭曲艺术的各种演艺人员的辛苦，我只想说，既然是扭曲的东西，就让它渐渐地被时代抛弃了吧。我期待有一天，京剧纯然是她自己，所有的演员都不唱样板戏了，所有的演唱会都没有样板戏的唱段了，下一代京剧观众压根儿就不知道什么是样板戏。至于样板戏，后人会在博物馆里给它留一个牌位。

2011 年

灯光开得最亮的演员

那时候演戏，开场的戏灯光开得不太亮，以后是上一个好角儿加一道光，再上一个好角儿再加一道光，到梅大师上的时候，灯光"啪"的一下就全亮了。所以小时候就是想做一个好演员，做灯光开得最亮的演员，做一个唱大轴的领衔主演，有前途的演员。

——叶少兰

1

叶金泰生下来一百天就跟着父亲跑码头了。父亲是京剧小生叶盛兰，他后来成为京剧小生叶少兰。

叶金泰上学的时候改了一个跟得上新时代的名字叫叶强，1962年戏校毕业后正式改名叶少兰。"文革"破四旧，连姜妙香先生都宣布改名"姜永革"了，叶少兰改回叶强。"文革"好歹结束了，叶强回归舞台，再次改名叶少兰，从此名满天下。

叶少兰从七岁开始学小生，但是在满师出科的时候碰到了大麻烦。一来他的变声期比较长，受嗓音所限只能改学导演；更糟糕的是，大致上从1964年现代戏会演起，京剧就慢慢往样板戏演变了。京剧一变成样板戏，就没小生行什么事了。那会儿，英俊小生都同时必须膀壮腰圆，武生出身的李玉和就是标准形象，而风流倜傥是和革命互不兼容的，小生于是成了行当之外的行当。从同光十三绝的徐小香开始的京剧小生风流史，从南戏滥觞的戏曲小生风流史，被"文革"腰斩车裂，雨打风吹去。当时的几位京昆小生艺术的代表人物——姜六爷妙香战兢兢如惊弓之鸟，俞五爷振飞惶惶似漏网之鱼，"摘帽右派"叶四爷盛兰身心俱疲，连基本的医疗都得不到保障，更遑论练功课徒、教子成名。

于是，叶少兰本应在氍毹上挥洒的汗水都流到沙岭子农场的稻田里了——因为无霜期特别短，必须冒着料峭的春寒插秧，及至开镰收割，又得踩着冰碴子下地："'两层冰，一层水，中间夹着热大腿'，……上身穿着棉袄，俩腿泡在冰水里。插秧时，往往要用脚先把冰泥踩软，再插秧苗；到收割时，由于放不掉水，稻子就湿漉漉的，你镰刀磨得飞快，照样割不下几根，只能硬揪。天气冷，上下牙冻得嘚嘚作响，嘴唇冻紫，五指冻得合不拢，手脚全冻僵了。"三年下来，武小生扳朝天蹬的腿生生患上了严重的关节炎，后来一到上台做繁难动作必须咬牙硬挺。先从老一辈那儿断了京剧小生的流脉，再驱逐传人令其劳其筋骨行弗乱其所为，京剧小生行就这样被彻底地"革命"和专政了。伴随着"革命样板戏"的豪迈旋律在神州大地的角角落落奏响，多少流派创始人被凌辱和迫害，多少流派传人被迫抛掷流年、断送青春。京剧的血脉就此被割断。嗣后虽经拨乱反正，百花重放，却已是盛年不再来，盛兰不再开了。

2

我第一次知道叶少兰的名字是在1983年。那时，叶强已经结束了不堪回首的"劳改"生涯（叶下放的农场原先是个劳改农场），回到舞台，并正式改名叶少兰了。

那年我十一岁，既不会唱歌，也不会唱戏。我被音乐老师判定为"音盲"，就是那种怎么唱歌都跑调的人。但是，那时候叶少兰带着几出大戏来到上海，电视里放的《周仁献嫂》让我震惊并且痴迷了，我开始看京剧。

《周仁献嫂》讲的是舍生取义的故事，周仁妻为救义兄之妻杜娘子代嫁严府，杀贼未成自尽身亡，周仁埋葬了妻子，顶着卖友求荣的恶名盼到了义兄杜文学沉冤昭雪的一天,却被当堂毒打,险些丧命。传统的京剧里,《刺汤》《刺虎》《青霜剑》等剧也有为复仇假意允婚、洞房行刺乃至杀身成仁的情节,但是《周仁献嫂》更激情四溢、更感天动地。叶少兰在乃父遗作的基础上整合关目,疏通情节,请原作者翁偶虹老又专门增写了"西皮调底"和"反二黄"两个繁难的唱段。由是,从遭遇胁迫的惶恐万状、夫妻诀别的痛苦不堪、吃"喜酒"洞房惊变、葬妻归来迷离恍惚,直至沉冤昭雪扬眉吐气……大起大伏的故事,大悲大喜的情绪,换来至真至美的艺术效果。诚然,京剧是写意的艺术,它要求各种疏离、各种安详,甚至启发了布莱希特的间离效果学说。但是,京剧从来都不排斥真诚的表演和由真诚表演带来的美感。叶少兰整理的《周仁献嫂》就是这样一部杰作,剧中不仅能听到动听的唱腔,还能看到各种步法和技巧的展示:跪步、搓步、甩发、抢背、僵尸,不一而足,非四功五法俱备的全才小生不能演出。特别是新创的"反二黄":"迷惘惘葬埋了我的妻,悲切切一路行来不敢啼……"周仁葬的是自己的妻子,世人却以为他逼死了嫂夫人,虽然是内心独白,却依然怕人听到,一个"妻"字唱得深情、哀婉、欲诉还休,到"悲切切"的"悲"字,声音已经在颤抖,所以,唱出来是"悲、悲切切……",叠字和情绪天衣无缝,浑然天成;到"昏暗暗问天天不语,黑、黑、黑沉沉问地,地也无言空唏嘘",已是天愁地惨，神人共哀了。

那正是在1983年，叶少兰完美地演出此剧，一举征服上海滩。我呢，正在小升初考试的无聊岁月里疯玩，一次次守着电视机看这出戏的重播，看得两眼放光，欲罢不能。多少年过去了，上海电视台这场《周仁献嫂》的录像早就无处寻觅，但是那些影像和声音已刻录在我的脑海里，一闭眼就能见到。

后来听说，叶少兰曾经说，给小孩演出也不能懈怠，因为小孩的头脑是一张白纸，让他们对京剧有一个良好的印象，京剧才有希望。这时，我不由得回想起自己十一岁的时候在自家阁楼上，对着那台九吋的黑白小电视，竖起耳朵给《周仁献嫂》的每个场次数掌声的情景。

3

"黑夜里闷坏了罗士信，西北风吹得我透甲寒……"苍凉凄怆的唢呐二黄，走投无路的绝叫，这是《罗成叫关》，叶盛兰不世的杰作。我总觉得叶盛兰在无端被扣上"右派"帽子时心里会有同样欲诉难诉的大悲大恸。不同的是，舞台上的罗成能把这一腔愤懑喊出来，让观众和他分担；批斗台上的叶盛兰却只能诺诺唯唯而已。

我生也晚，听戏从少兰始，没赶上听四爷唱戏，只能从旁人的回忆中构拟1958年叶四爷在上海演出《罗成》的盛景。受章伯钧牵连，叶盛兰被中国京剧院划为"右派"，但因为他是小生的"独一份"，台上离了他不行，所以又让"戴罪立功"，要求四爷随团演出，但是，不能贴海报，不能写水牌，不能谢幕，演出前要一趟一趟跑老虎灶泡开水，演出后要挽起衣袖打扫剧场。那天，原定演出《罗成》，但是不能贴叶盛兰演《罗成》的海报，所以先贴了李少春《野猪林》（一说《响马传》）的海报，演出前两小时贴出告示，称演员生病（一说演员真的生病了），临时换戏。于是，一个窗口退票，另一个窗口卖票。即便如此，也抵挡不住上海的观众奔走相告的热情，很快《罗成》连站票也买不到了。

从很早的时候起，不管什么角儿，必须在上海被认可了，才能算唱红了。上海的观众很挑角儿，轻易不会认可，一旦认可，则不吝惜最热烈的掌声和喝彩声。《罗成》首演于1946年，是育化社的打炮戏，育化社首演成功不久就曾经风靡上海滩。但是，这一次，叶盛兰满怀着寄人篱下的屈辱和前途无望的迷惘，演一个黑夜里、黑煞日满腹冤屈无处诉的勇将罗成，以这样的心理体验完成一次因扭曲而更臻完美的舞台展示，上海观众疯狂了。

我的朋友方蕙清阿姨是一位资深叶迷，她这样追述两年后在北京看叶盛兰演《罗成》的情形："《叫关》一场，叶先生一条嗓子盖过唢呐，音高而远，在剧场回荡，那种悲壮的气氛油然而生。……《淤泥河》一场，在身中敌箭后，把箭拔下，用宝剑自刎，在长长的撕边锣鼓声中，把眼珠一直翻上去只见眼白，观众掌声四起，宝剑缓缓扔下，最后一个漂亮的僵尸。"把这段永不褪色的影像叠加回1958年上海的天蟾舞台，漂亮的僵尸后，终场唢呐响起，大幕缓缓落下。幕再次打开，罗春、李元吉、苏烈、大刀手上台谢幕，唯独不见罗成。观众不干了。上海观众不达目的誓不罢休的执拗劲头至今还是常常能够见到，为等一位演员返场，甚至只是再露一面，他们可以齐心协力地有礼貌地一直鼓掌。那天就是这样。"叶盛兰！叶盛兰！叶盛兰！"观众有节奏地呼喊，鼓掌，再呼喊，再鼓掌，直到大幕再次拉开，舞台上，已经脱下戏装、换上扫地工作服的小生泰斗诚惶诚恐地向台下久久地深深地鞠躬。

4

叶少兰的祖父是富连成科班的创始人叶春善先生，叶氏一门出了十几位京剧名家，这是造化加熏陶、基因加苦练的结果。叶少兰说，小时候最爱玩的游戏，就是和哥哥叶蓬、表哥刘玉林一起在家里的铜制大床上唱戏玩。大床单当幕布，小床单当出将入相的门帘儿，操练起来一台"大戏"。最贪恋的是剧场的灯光照明——"那时候戏院里靠前面的戏或主演未上场之前,灯光是不开足的,就等主角儿上场才全开。"哥儿几个想出点子:先关上里屋灯,作为压光;开外屋灯,打开一点门缝儿,透进光亮来,作为垫戏;门开到一半大,就是倒第二;等到说"爸爸出来啦",或者说"梅兰芳出来啦!马连良出来啦",门就大开,里屋外屋每一盏灯大放光明,好似真正的大轴戏开演一般。

后来,叶少兰说:"小时候就是想做一个好演员,做灯光开得最亮的演员,做一个唱大轴的领衔主演,有前途的演员。"他做到了。

我虽然1983年已经知道叶少兰,但正式进剧场看他的演出则是1992年以后了。那天,他演的是《三堂会审》的王金龙。从那天之后,我现场看过四次他的《三堂会审》,竟然每次都在小细节处看到不同,这才领会了业精于勤和艺臻于道的哲理。有篇报道说:"叶少兰每次演《群英会》之前都要看父亲的电影、自己的录像,找出不足的地方,然后默排一遍、实排一遍、统排一遍、响排一遍,最后才能上台演出。"这决非诳语。

最后,我要说,虽然在"粉丝"掉价的时代,称自己是某位演员的粉丝显得十分矫情、万分悖谬,但我还是以做叶少兰先生的粉丝而深深自豪。皮黄声里,龙音激越,虎音豪放,凤音婉转；剑影翻飞，昂首凝眉，人在戏中，戏比天大。他就是那个灯光开得最亮的演员，京剧小生叶少兰。

（《岁月——叶少兰从艺六十年之感悟（1950—2010）》，叶少兰著，北京：文化艺术出版社，2011年2月第一版）

2011年

失落的谍战片

这几年突然大走其红的谍战片,在过去了还不算很久的20世纪80年代就曾经走红过,那时候叫地下党题材。再之前,样板戏里的《红灯记》也有那么点谍战的意思:"我是卖木梳的。""有桃木的吗?""有。要现钱。"再再之前,《永不消逝的电波》《英雄虎胆》《野火春风斗古城》《51号兵站》……一串光辉的片名书写了中国谍战片曾经达到的高度。20世纪五六十年代的中国,城市地下斗争属于比较敏感和禁忌的题材,因此这类片子在当时其实还是比较少,虽然这样,这个高度在谍战片重出江湖且大行其道的今天还是无法企及的。

现在据说闹剧本荒,或者说编剧荒,但是看来看去其实还是题材荒。在街头的黄鱼车边上翻翻,国产的电视剧,一排谍战片,一排战争片,一排清宫片,over。单说这谍战片呢,《林海雪原》《保密局的枪声》《夜幕下的哈尔滨》《蓝色档案》《敌营十八年》,然后,哦——《红灯记》《英雄虎胆》《野火春风斗古城》《51号兵站》……这些电视剧有个共同的特点,就是借了原作的标题和人名进行能多离谱就多离谱的再创作,这大概可以叫作标题艺术,大概可以算作行为艺术的一种。

我是个从小被灌注了英雄主义情结的人,我的英雄崇拜从幼儿园时代看《闪闪的红星》开始酝酿,到小学四年级以后能自己看小说达到泛滥,那些年又赶上20世纪80年代的地下党题材的影视剧热。但是这种热情很快在90年代之后熄灭,因为相关题材的书陆续被我读完(我曾经近乎变态地在复旦图书馆的大书库里一本一本翻读那些几乎没有人碰过的地下党题材的新章回体小说),同样题材的影视剧也让位于公安和国防题材了。最近几年谍战片热的出现,让我始而振奋,继而失望,但还是在振奋和失望之间徘徊,不肯绝望。这么多剧集,我当然没有全看,我看过的大概只有十部左右而已,但是仅就看过的这些而言,和大众对这些剧集的评价基本上一致——虽然谈不上完美,也不可能出现完美之作了,但是确实没有比《暗算》和《潜伏》更吸引人的同题材剧集了。

这两部剧集都是在网上认识的那些红色题材影视作品的死忠推荐给我的,这些人中又颇有几位被这两部剧集熏陶成了"柳丝"(柳云龙的粉丝)和"潜艇"(力挺《潜伏》的忠实观众)。要知道这年头和粉丝打成一片是要有像钱之江(《暗算》里的地下党)或者余则成(《潜伏》里的中共间谍,但是始终没入党,所以谈不上是地下党)那样的定力的。我之所以没有变成"柳丝"或者"潜艇",可能恰恰因为多年来红色文艺的更为浓墨重彩的熏陶。"我自岿然不动"当然是因为"早已森严壁垒"。

《暗算》是几年前看的了,《潜伏》上个月才看。看了之后又都买了剧本来读。从剧情本身而言,《潜伏》比《暗算》之《捕风》(以下就称《暗算》)要严密很多。当年刚刚追看《暗算》完毕的时候,为剧情当中特别是最后结尾处的多处疏漏摇头不已,比如代老板为什么看不出来钱之江整天捏着的那串佛珠不见了,那佛珠一颗一颗吞进肚里,再拿出来之后又怎么知道它们该怎么排列呢?这些显而易见的漏洞我看得出来,聪明绝顶的编剧自然也不会不察觉,所以后来麦家又写了小说《风声》,设计了另外的结尾补漏洞。补则补矣,漏洞毕竟仍是漏洞。当然《潜伏》的结尾也不怎么样,据编剧兼导演自己说是为了和多年以前苏联和朝鲜的两部经典谍战系列电影《春天的十七个瞬间》和《无名英雄》保持一致而硬编出来的。既然是硬编出来的,必然会有硬伤,从余则成在机场碰到他老婆那点开始,每一步都巧得可以,也假得可以。

《潜伏》的编剧是诚实的,他不能欺骗观众说自己没看过《无名英雄》,毕竟《潜伏》的观众群年龄层是偏高的。看《潜伏》的时候，我就不得不一次又一次向《春天的十七个瞬间》和《无名英雄》脱帽致敬，还有如《窃听风暴》这样的新片。当《潜伏》里第一个画外音响起的时候，我就想，这完全是《春天》和《无名英雄》的叙事方式嘛；当马奎人不像人鬼不像鬼地躲在阴暗的角落里，心中只剩下除掉左蓝一个念头的时候，我分明看到了朴茂为除掉顺姬时嘴角流露的阴森的冷笑；而余则成和左蓝的那次接头，无疑就是《无名英雄》迷永远难忘的俞林和顺姬在圣母咖啡馆的心灵交接了。别的不看，左蓝的容貌、装束、步态、一颦一笑，以至于最后的赴死，实在是像极了顺姬。再往下看，女特务包里的录音机，我们是不是在马汀派去套淑英话的特务的包里见到过？最后根据地召唤余则成回归的那首诗，俞林是不是也在胜利时刻从收音机里听到过呢？毫无疑问，导演本人是个《无名英雄》的忠实爱好者，这一点，让我这个多年的谍战片迷有一种不知今夕何夕的快慰，和不知是悲是喜的困惑。

机智勇敢的男主人公，英勇美丽的女主人公，老奸巨猾的特务头子，心狠手辣的敌方对手，错综复杂的关系迷局，惊心动魄的斗智斗勇，综合了以上要素的《潜伏》，虽然有前面说的点滴阙漏，毕竟已经相当完美了。除了这些，看《潜伏》的时候，始终感觉它终于还是缺了一些很重要的什么，是什么呢？我的一个学生，应该是80后吧，自述是受父亲的影响看的这部剧集，并且深深地喜爱上它，他这样总结余则成这个人物："我们的英雄（在另一个立场上是残酷的敌人）是在夹缝之中变得可爱的。……他要一往无前，又要逢场作戏；他是最忠诚的战士，又要做敌人的帮凶；他要假装爱一个女人，又要假装不爱另一个女人；他要请示组织，服从命令，又要当机立断，独自行动；他是忍辱负重的深海，又是笑里藏刀的潜龙；他在枷锁中寻求自由，又给自由套上枷锁。"他总结得非常精彩，我相信他道出了《潜伏》在最近半年左右赢得了广泛的观众群的主要原因。然而，我的目光几次掠过他的这段话的时候，每一次，都在同一个词上顿住，这实在是一个令人万分纠结的语词，它就是"忠诚"。

我看过导演的自述，他其实也在这个语词上非常纠结。余则成投诚中共，是为了对左蓝的一往情深，除了这个，其他的一切理由都略显虚矫。为此，剧情设计了吕宗方为了掩护余则成而牺牲的情节（因为欠命而投诚，理由自然要合理许多），设计了余则成到河北的根据地接受教育的情节，还设计了左蓝牺牲以后余则成反复自学《为人民服务》的情节（当然余在保密局办公室里大声念诵毛泽东的文章实在令人很"汗"，他把左蓝的一干遗物带回家保存，在我这种谍战片看多了的人看来，也是不符合地下斗争的原则的）。这些都是为设计而设计，是想要说明余则成的义无反顾是有因可循的，是合理的，也是可靠的，余则成经过这几件事，如同左蓝对他说的那样，他"曾经"是因为爱情投靠中共的，"现在"不是了，他已经蜕变成了一个忠诚的共产主义战士。在这里，剧情出现了一个吊诡的逻辑悖论：如果余则成要完满地完成这一系列艰难的潜伏任务，他必须是个忠诚的共产主义者；但是余则成不是，他是单纯地为了追寻爱情而投奔共产党队伍的，所以，不管从哪个方面看去，余则成都不会是一个忠诚的共产主义者。这让我想起"十七年"小说里经常出现的重要人物都要追溯他出场前的主要经历的叙事规律，并且突然悟到，这种看起来非常浅薄，非常累赘，非常教条，非常妨碍情节进展的倒叙是十分有道理的，它至少避免了如余则成的"突转"这样的关键情节的悬空感。非常冒险的是，《潜伏》整部剧集都是悬在这个无法落实的突转之上的。这种悬空感，你不去深究它，它一点问题也没有，情节依然跌宕，人物依然丰满；但当你和编剧一样较真地企图探究它时，你不得不承认，这里埋伏了一个巨大的问题，而它的不被深究也和当下受众中潜伏的这个巨大问题密切相关。这个问题就是，"忠诚"之谓，它还被人们信任和需要吗？它还能被认为是推动类似大众艺术的经典前提和必要前提吗？

这个问题，几乎在所有的宣扬正义和勇敢的艺术作品中，永远是不成问题的问题。远如《春天的十七个瞬间》和《无名英雄》，再远如《永不消逝的电波》和《野火春风斗古城》，近如好莱坞热播剧集《24小时》、票房大片《刺杀希特勒》，施季里茨、俞林和顺姬、李侠、杨晓冬、杰克小强、史陶芬伯格上校，这些人物信仰不同，背景不同，职业不同，任务不同，却有个共同点，就是忠诚。他们各自忠诚于他们各自的国家、民族、信仰、主义。这是个对读者和观众而言永恒的诱惑，凡夫俗子心向往之的至高境界，可以归并于从远古就已经存在的牺牲母题。在这个母题的照耀之下，相当一部分矫情的叙事从读者和观众的眼皮子底下淡出，变身为崇高和神圣。《暗算》的编剧就深谙此道。钱之江最后的台词——"我是什么人？你是什么人？爱欲之人，犹如执炬；逆风而行，必有烧手之患，这是你。而我，生来死往，像一片云彩，宁肯为太阳的升起而踪影全无。我无怨无悔。心中有佛，即便是死，也如凤凰般涅槃，是烈火中的清凉，是永生！"这话多么文艺腔啊，但是因为此前不吝惜笔墨的铺垫和渲染，到这里从钱总口中缓缓道出，除了优美和圣洁，竟令人别无他想。偶像就是这样炼成的。相形之下，《潜伏》的全部剧情都建立在一种主人公自己尚不明就里的模糊理念之上，实在是拍得有些冒险，不但余则成，晚秋的投奔革命何尝不是因为陷入了和余则成几乎一模一样的困境（爱某人而不得＋生死关头被救）呢？这样看，这俩人最后的奉命结合真是让人捏一把冷汗哪。

然而它不可置疑地成功了。这大致回答了我刚才提出的问题。和以前的很多谍战片不同，现在的人们可能确实不很需要被煽情、被催泪、被激动了，他们更需要的是情节，是悬念，是设谜解谜的智力游戏。这又大致可以回答我在本文开头提出的问题：标题艺术的新谍战片为什么居然在 21 世纪的当下东山再起。

然而的然而，我还是想问：当一部走红的红色谍战题材剧集其实不再确切地需要"忠诚"和"信仰"这样的元素时，是不是因为有什么非常可怕并且可悲的事情已然在我们身边发生了呢？朝鲜电影《无名英雄》多处为《潜伏》借鉴，但是像下面我要复述的情节是任何仿制品无法借鉴的：当时俞林和顺姬尚未接头，双方身份晦暗不明，二人同时参加一个舞会，当听到俞林带着厌恶的冷嘲热讽时，顺姬默默在一张纸上写下海涅的诗句："我笑着走在这条路上，/我笑着走在沙漠中间，/何处是我安息的地方？/是莱茵河畔的菩提树下，/还是南国的棕榈树旁？/我将被陌生的手/葬在一处荒漠的地方。/白天以阳光为伴，/夜晚星辰为我照亮。/我走啊走，/走向我要去的地方。"多么美好的对理想和信仰的表白，它真的已经不再被我们需要了吗？

2009 年

《伪装者》，谍战神话的另一种写法

最近一直在追电视剧《伪装者》。看的时候，会沉浸在一种久违的情绪里，无法自拔。明知道这只是又一部娱乐至上的谍战剧，却还是一意孤行地执着在剧中属于自己的一些关乎历史和人性的蛛丝马迹里。

仔细想，这种情绪，大概可以叫作"神往"。

我默诵着张炜的句子："孩子，你活着，就要记住、守住。不要含着眼泪，要刚强如先烈。不要听人蒙骗，听我再说一遍，先烈真的有过，不久以前还有过哩。"（《夜思》）时隔多年，又一次在艺术作品里看到了先烈的痕迹，并且可以以追剧的名义日日缱绻，于是萦怀不去，心驰神往。

1. 英雄

一般的观影经验里，英雄一定是英俊帅气/美丽端庄，临危不惧，英勇无畏，甚至无所不能的，这样的英雄幻想是我童年精神养料的一部分，它萌芽于王心刚的《红色娘子军》、孙道临的《永不消逝的电波》、梁波罗的《51号兵站》，到朝鲜巨片《无名英雄》达到峰值。20世纪80年代的时候，地工片、反特片超越战争片引发了一个小高潮，一时间，担任卧底任务的帅哥美女充满了电影画报的内页，引起了大大的消化不良。

在这样的情形下，1983年，出现了一部电影，叫《蓝盾保险箱》。片中，曾经演遍特务的陈述老师扮演了一位智勇双全的侦探，引起了小小的轰动。当然，现在看来，特意去找一位长得一看就是"坏人"的演员去扮演英雄，是从一种脸谱化走向另一种脸谱化而已。

"先烈真的有过"，不相信先烈是有罪的。如果你有心，去烈士陵园走走，或是翻翻先烈的相册，你会看到他们英俊的面庞，澄澈的眼眸。永远不要担心把英雄塑造得太帅、太美，他们只会比你能想象到的更英俊、更聪慧、更大无畏。本性使然的真、帅、美，和扭曲作伪的"高、大、全"不一样，前者是英雄的常态，是文学作品的常态，更是英雄传说的常态。不管从审美上观照，在文学史上追寻，还是到历史本身窥测，都没有必要刻意去把英雄人物写丑。

自古以来，只要有人群，就有英雄传说。20世纪密集的天灾人祸放大了凡人俗事在文学艺术里的比重，也造就了比以往的岁月多得多的英雄传说。我们一日日地为庸常所困，所以更渴望在偶尔释放心神的影视剧文中得到救赎，这就是帅破天际的明家三兄弟存在的意义。

2. 信仰

剧中，明诚和明台有这样一段对话：

——你要记住，任何工作都是谋生之道，家人才是永远的。
——话虽有理，可有一项工作除外。
——哪一项？
——报国。
——那不是工作，那是信仰。

彼时，明台刚做特工不久，阿诚已经是个熟练的双面特工了，所以会有这样的对话。一个认为报国是工作，另一个认为报国不是工作，是信仰。

我是多久没有在影视作品中听到类似的表白了，所以听到的时候，不免默然端坐，失神良久。大概是因为历来我们的红色文艺表白过多，21世纪以来的谍战片新热潮中，几部比较成功的片子都在刻意回避这个重大的"意义"之问。比较典型的是《潜伏》和《红色》，它们在制造悬疑的技巧上堪称佳品，但是剧集中主人公的炫智炫勇却都没有非常牢固的心理根基，剧集制作方仿佛耻于言及"信仰"，也可能完全没有考虑到需要这么做，只让余则成和徐天们有超高的智商，因为这能让剧情紧张好看。

相对来说，《伪装者》在剧情上谈不到十分紧张悬疑，甚至有太多的漏洞。但是在情怀的渲染上，它是一流的。作为一个无药可救的情怀党人，我就是一次一次被剧中人的表白击中。"双毒"会面的时候，大哥一字一顿地说："我就盼着有朝一日谁能把我出卖了，把我拉出水面，让我正大光明地站出来，哪怕是站在刑场上，告诉天下人，我明楼不是汉奸，我是一个抗日者，顶天立地的中国人。"这时我想起电视剧《暗算》里钱之江最后的台词："……心中有佛，即便是死，也如凤凰般涅槃，是烈火中的清凉，是永生！"《暗算》也是一个在剧情上有重大bug的电视剧，但是演员动人的表演和剧作本身的情怀诉求拯救了一切。

3. 豪赌

刚满十六周岁的眉间尺背着父亲留下的雄剑去找国王报仇，他一没武艺，二没胆略，连国王在哪里也不知道。这时，走来一位陌生的黑衣人，用鸱枭一般的声音对他说，只要你给我两件东西，一是你的剑，二是你的头，我就替你报仇。

十六岁的眉间尺二话不说，"举手向肩头抽取青色的剑，顺手从后项窝向前一削，头颅坠在地面的青苔上，一面将剑交给黑衣人"。

这个为了完成复仇使命毫不犹豫交托一切的少年，这个接受了使命便不惜再叠加一个自己的头颅换得最后的成功的黑衣人，因为鲁迅的千古雄文《铸剑》永垂不朽了。

一边看《伪装者》这个电视剧的时候，我就在心里一遍遍复述这个故事。

没错，这就是三千年前的"死间计划"。

任何计谋里都有赌博的成分，成功的野心越大，赌注越大。为了一场决定性战役的胜利，老师押上了包括自己在内的四个特工的性命，赌这个计划的成功。整个剧情在这个赌注上展开。老师就是眉间尺，同时也是黑衣人。

以我有限的观影经历，从未在国产电视剧里见过把军统特工塑造成英烈的桥段。冷血，决绝，对国家如眉间尺一样无条件信托，对任务如黑衣人一样愿意牺牲一切来完成，老师用他的牺牲接通了三千年的岁月，和古往今来无数舍身求法的人融为一体。

我想起来屠格涅夫的散文诗《门槛——梦》：

"好。你也准备着牺牲吗？"

"是。"

"这是无名的牺牲，你会灭亡，甚至没有人……没有人知道，也没有人尊崇地纪念你。"

"我不要人感激，我不要人怜惜。我也不要名声。"

（巴金译本）

倒地的瞬间，王老师成了这样一位圣人。

4. 家园

《三国演义》里，我心目中的古今第一悲剧英雄诸葛亮，他携剑负琴离开隆中的时候，对弟弟诸葛均说："吾受刘皇叔三顾之恩，不容不出。汝可躬耕于此，勿得荒芜田亩。待我功成之日，即当归隐。"然而，诸葛从此颠沛一生，鞠躬尽瘁，这个心愿永远没有实现。

《伪装者》剧集中，明楼学富五车，明诚能描善画，明台虽然没有读成大学，但是从军校的短训生涯来看，也是学习能力超群，如果真的得到上大学的机会，必然也是学霸一枚。但是，乱世没有提供他们做教授、做画家、做学霸的机会，他们和大姐不约而同地走上了报国的不归路。

这就是为什么，明楼说，明诚画的那幅林间草舍的油画，应该叫《家园》。他想的是，哪一天，狼烟散尽，河晏水清，他还可以去做教授，阿诚还可以去做画家，明台还可以去做学霸。

回到家园，是古今英雄共同的梦想。披坚执锐、驰骋乱世只是为获得终极家园不得不选择的人生之路。阿诚说："报国是信仰。"明楼说："有国才有家。"在外，他们是随时准备牺牲的勇士；在家，却可以短暂地享受手足亲情，哪怕是因为误会受到亲人的打骂，也甘之如饴。小说原著这样写："明楼在外做事的原则是：赶尽杀绝！而在家里的原则是：识时务者为俊杰！"

于是，和其他的众多战斗故事非常不同地，这个剧集展示了"家"的非常温情的一面。兄弟们在没有硝烟的战场厮杀之后，可以回家休养将息，舔舐伤口，享受亲情。如果你对革命年代的红色文艺还记忆犹新的话，应该能想起来，红色文艺中的革命者，有很大一部分或者是没有家人的，或者是六亲不认的。

但是，风雨飘摇间，"家"终于离散，"家园"仍然只在梦中。剧终落幕之时，还是那个熟悉的家庭情景剧的场景，主人公却已是满目凄怆，无家可别。明楼对大姐的遗像说："大姐，我上班去了。"虽然身心已经千疮百孔，还是要负痛前行，因为心里有家园，虽九死其犹未悔。

2015.9.29

红色的梦，白色的夜
——我看《风筝》

我是抱着试试看的心理开始看《风筝》的。看了五天，结束的时候哭得停不下来。

本来那个或者叫郑耀先或者叫金默然或者叫周志乾或者叫吴焕的"风筝"，风尘仆仆赶到北京，在弥留之际望着升起的国旗行军礼，这已经非常煽情了，但是素以泪点高自傲的我尚能忍住；然而当"风筝"的形象淡出，国歌声里出现了潘汉年的照片，我毫无抵抗力地泪如泉涌。

然后，李克农、钱壮飞……当张露萍的照片显现，已经哭到失控了。

《风筝》剧终致敬的红色间谍，依次为：

潘汉年（1906—1977）

李克农（1899—1962）

钱壮飞（1895—1935）

胡底（1905—1935）

阎宝航（1895—1968）

熊向晖（1919—2005）

朱枫（1905—1950）

张露萍（1921—1945）

沈安娜（1915—2010）

黄慕兰（1907—2017）

陈琏（1919—1967）

网上流传的送审版的片尾字幕是这样的：

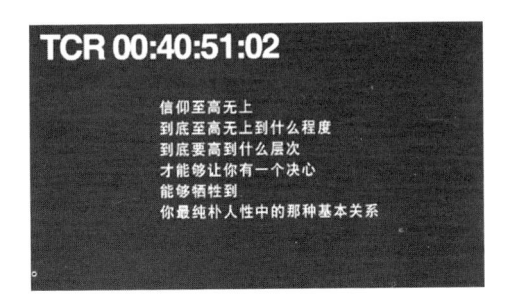

```
TCR 00:40:51:02
信仰至高无上
到底至高无上到什么程度
到底要高到什么层次
才能够让你有一个决心
能够牺牲到
你最纯朴人性中的那种基本关系
```

不知道有没有那一串照片。

如果有那些照片，又打出这个字幕，这个电视剧就是完全失败。

如果怀着这样的想法，拍这样一个电视剧，就变成了嘲弄。虽然历史有很多"不值"，但是作为和平年代坐享其成的后人，面对历史，必须反思，却没有资格去嘲弄。你不配，我不配，我们都不配。

既然不配，或者闭嘴，或者走开，但是不可以嘲弄。这是底线。

你不能一边质问：

信仰……到底要高到什么层次，才能够……牺牲到你最纯朴人性中的那种基本关系？

一边引用 1949 年 10 月 28 日牺牲在大坪刑场的蓝蒂裕烈士的《示儿》来组织情节——

你——耕荒，
我亲爱的孩子；
从荒沙中来，
到荒沙中去。
今夜，
我要与你永别了。
满街狼犬，

遍地荆棘,

给你什么遗嘱呢?

我的孩子!

今后——愿你用变秋天为春天的精神,

把祖国的荒沙,

耕种成为美丽的园林!

不打诳语:我们都不配。

1. 牺牲

幸好最终版本没有这字幕。

据说送审版有很多内容被删掉了,删掉之后就不能比较全面地展示这个作品了。这我信。比如说高君宝(这名字太违和了)的自杀改成了被击毙,但是镜头扫过去,看到高君宝拿枪对准自己。完全不懂为什么要这样胡改一气。

被击毙是这样的?

但是这一页字幕,是应该删的。不删的话,这个剧就前功尽弃了。

那么,你也许要问了,难道说"信仰"是不能质疑的么?不能把质疑说出来吗?可以啊,当然可以,但是不要用这样的方式吧。好比说,看《三国演义》,你会质疑关云长刮骨疗毒吗？你会质疑诸葛亮六出祁山吗？刮骨疗毒，就是老陆的宁死不屈；六出祁山，就是郑耀先的九死不悔。英雄不是因为你不相信就不存在，更不是因为你做不到就不存在。人类多少年负重前行到今天，就是仰仗了这些殒身不恤的人的光芒的照耀。

郑耀先的独白：选择了这个职业，就要——

敢常人所不敢，
能常人所不能，
为常人所不愿，
忍常人所不能忍，
甚至行常人所不齿，
做常人所不屑，
忍受失去一切常人应该得到的，
忍受家人、朋友终身的误解，
忍受职业给你带来的家破人亡，妻离子散。

这段独白我反复听了好几遍，又一次联想起屠格涅夫的不朽名篇《门槛——梦》：

"这是无名的牺牲，你会灭亡，甚至没有人……没有人知道，也没有人尊崇地纪念你。"

"我不要人感激，我不要人怜惜。我也不要名声。"

（巴金译本）

我曾经在一篇《伪装者》的评论里，在说到"老师"王天风这个人物身背恶名慷慨赴死的情节的时候，引用过这个作品。那是一位彻彻底底的连死后的声名都抛弃了的死士。"信仰……到底要高到什么层次，才能够……牺牲到你最纯朴人性中的那种基本关系？"对着"老师"默然倒下的身躯，你说说看这个话？

2. 誓言

没有告别已成永远

没有相约何时再见

《伪装者》的"老师"、大姐、于曼丽如此，《风筝》的曾墨怡、程真儿、江心、陆汉卿如此，《暗算》的钱之江如此，《风声》的顾晓梦如此……"风萧萧兮易水寒，壮士一去兮不复还。"不管你相信不相信，接受不接受，感念不感念，就是这样的一次次无声的告别指向了他们心中那个国泰民安的愿景，也就是我们正心安理得地享受着的当下。

"你知道将来在困苦中你会否认你现在这个信仰，你会以为你是白白地浪费了你的青春？"

"这一层我也知道。我只求你放我进去。"

（巴金译本）

同样来自《门槛——梦》的问答，在这样的义无反顾面前，我们的"质疑"显得多么可笑。

3. 界限

红色的梦　白色的夜

两个世界不能越

20世纪90年代以来，写起于抗争、耗于内斗、陷于一团乱麻的中国现代史，最好的作品，《白鹿原》算一个。去年这个小说终于改编为质量上佳的电视剧播出了，但是据说遭遇的删减比《风筝》更惨。

《白鹿原》的鹿兆海和白灵两小无猜的感情就是这样消耗在自己无法左右的历史漩涡中了。俩人先是相约一人选择一个政党，又阴错阳差地互换了政党（信仰），终于在人生逆旅中完美错过对方。

《风筝》里，先后爱上郑耀先的两个女人都因为发现郑耀先的真实身份而崩溃，"两个世界不能越"。这很戏剧，也很真实。两次崩溃都成功地实现了戏剧的"发现和突转"合一的转捩。虽然是"特务"的崩溃，但你无法不同情她们；虽然你同情她们，但你无法不因此更加深刻地体验郑耀先的痛苦。如是，又达成了戏剧"恐惧与怜悯"合一的境界。

同样，宫庶对郑耀先的"发现"和其命运的"突转"也是在层层铺垫之后一气呵成，是成功的叙事。

4. 对手

"风筝"和"影子"棋逢对手、相爱相杀的一生，相形之下倒是没有太多的惊喜。多少年前，诸葛亮就是这样"爱"着周瑜，司马懿也是这样"爱"着诸葛亮，这样的人物关系，到《岳传》的"笑死牛皋、气死兀术"已经达到巅峰，再怎么翻新也到不了这样的高度了。

这么说吧，《风筝》这个剧，在属于一般谍战片和反特片必须持有的斗智斗勇的元素方面，没有特别的出彩，也说不上来有多么不好，倒是那些"放风"、摘菜、扫街的小片断，每每令人忍俊不禁。演员们也能完全放弃男帅女美的形象追求，把自己尽可能地融入人物，这是非常值得赞叹的。

节奏也好。张弛有度。"周志乾"和潘主任"赛跑"一段，画外背景音乐竟然是"东风吹，战鼓擂，现在世界上究竟谁怕谁"，令人绝倒。

值得一提的还有反复出现的《为人民服务》。从老陆在刑讯中像背《圣经》一样背诵《为人民服务》，到老陆牺牲后郑耀先含泪默念这篇文章，以至于中统的男女两个特务为了研究对手仔细研读《为人民服务》和其他毛泽东著作。这个作品一再出现，每次气氛不同，作用不同，背景不同，含义不同，又隐隐指向当下，非常巧妙。比起多年前《潜伏》的余则成莫名地在办公室念诵《为人民服务》的情节来，实在是高明了很多。

不足之处还是有的，各种情节上的 bug 不提了，说三个小问题。一是女主的台词尚可锤炼，二是剧中出现的各种电脑体美术字实在出戏，三就是"与狼共舞"啊，"给点阳光就灿烂"啊，当代梗太多了，有点忍无可忍。

没有告别，已成永远，该怎样正视那一幕幕血染的历史，一页页沉重的过去？

红色的梦，白色的夜，该怎样理解那一具具血肉之躯，一个个执拗的灵魂？

这样的问题，过一段日子，总要翻出来想想，每每念及，却总觉无解。于是陷入一种迷惘的情绪，无法自拔，就像窗外这沉沉的冬夜。

2018.1.17

谍战片的歧路
——从《悬崖之上》想到的

看了《悬崖之上》,有一些联想,记在这里。

一、BE 的《悬崖》和 HE 的《悬崖之上》

《悬崖》毕竟是近十年前的电视剧了,剧情已经有点想不起来了。但是结尾周乙慷慨赴死的镜头太难忘。

一堵长得仿佛没有尽头的红墙,周乙站定,抬起头最后看了一眼天空,他生命里的最后一片雪花落在他脸上。

这时,枪响了。周乙应声倒下。

没有《牛虻》里那震撼人心的嗤笑,也没有所有的同样题材的影视剧里,同样的场景都有的高呼口号。什么也没有。

仿佛是，身为间谍，就该这样平静地接受命运的处刑。

间谍的人生就是这样，每一天都是捡来的。每一天都在预习"牺牲"。所以，当"牺牲"真的来临，就是这么平静地迎接它。最后看一眼世界，然后倒下，让白雪覆盖，让自己彻底消失。

电视剧《悬崖》因为这个冷酷的"BE"（Bad Ending），和无声倒下的周乙一样永恒了。

《悬崖之上》则有一个"大团圆"的、"HE"（Happy Ending）的结局。虽然死了不少人，但是主人公绝对不会死，任务一定能完成，怎么完成的也不必交代，反正完成了就完了。"这个"周乙毫无悬念地顺利完成了一切，甚至在"彩蛋"里把叛徒也处死了。至此，张艺谋也就无功无过地完成了一个谁也不得罪的任务。

这多少让人想到那些关于施季里茨（《春天的十七个瞬间》里那个总能化险为夷的苏联侦查员）的笑话。比如这个：

施季里茨突然闯入了希特勒的府第，那里正在举行秘密会议。他也没打招呼就径直走向保险柜，用他的万能钥匙打开了保险柜，在里面乱翻了五分钟，然后在胳肢窝下面夹了一摞文件，离开了。

几分钟后，（由于惊吓）希特勒才恢复了说话能力，并且问："那人是谁？"

"苏联间谍伊萨耶夫，在这里的名字是施季里茨。"缪勒一边剔牙一边冒冒失失地说。

"你们怎么不抓住他？"

"没用，他总能逃脱。"

二、"乌特拉"或者"黎明之前"

用"乌特拉行动"贯穿整个故事，却只见"乌特拉"不见"行动"，这个姑且不论。"乌特拉"是俄语"黎明"的意思，电影里前后重复了两遍（还是三遍？），算是强行记住了。

"乌特拉"——"黎明"——"夜幕下的哈尔滨"——"黎明之前"……这就算都接上了。

虽然点题的话说一遍就够了，但是多说几遍可以加深印象，没大毛病。

相似的立意，几十年间反复出现，一定是有原因的。指向后代的种种牺牲因此也有了强有力的背景支持，所以，当"黎明"的释义出现时，已是水到渠成，无需强调和更多的解释。最诗意的联想停留在朝鲜谍战大片《无名英雄》的一个桥段上：波光粼粼的湖边，英国人路易斯问顺姬："后代会记得这一切吗？"顺姬说："会的。"路易斯："如果他们忘记了呢？"顺姬："重要的是我们不要忘记后代。"（以上对白纯属个人记忆，没有核对过原片。）

我总是倾向于拍主旋律谍战片要敢于表白。不要隐晦，一定要大声说出来，就像《无名英雄》里的这句毫无做作，最终用了女英雄的生命作注释的表白。《悬崖之上》这个电影，这一点上就差了一口气。所幸的是这遗憾在片尾周深的歌声里填充上了。

那好听的带有俄罗斯旋律的歌声，久久缠绕不去。而歌曲的立意显然部分来自朴树的《白桦林》，以及苏联卫国战争同样为后代、为"黎明"牺牲了的无数的年轻生命。这又使得隐在那个词语——"乌特拉"之后的深远的背景，多了一个强大的集体回忆的支持：

> 难忘记冬夜漫长的北方
>
> 有位心上人滚烫了她心房
>
> 她在你离开的村庄
>
> 静静地守在炉火旁
>
> 看见明天的人们团聚的模样

三、有没有一秒钟，你曾经打动我

但是总的说来，《悬崖之上》还是没有故事。不但没有故事，而且没有谍战。这是最令人郁闷的。

我看到的只有抓捕、酷刑、杀害、追逃，一丁点谍战都没有看到。

我觉得是编剧和导演编谍战故事和悬疑故事的能力不够，才想到拿超强的演员阵容砸死你，拿好看的镜头魅惑你，拿好听的片尾歌迷倒你。毕竟现在的大多数电影里连这些也没有。你看完之后也许会若有所失地叹一句：某某演得真不错！光影色彩真好，非常张艺谋了！主题歌，啧啧……

然而还是没有故事。

没有故事，你拿什么来打动观众的心呢？

四、今天我们怎么拍谍战片？

平心而论，从 2005 年的《暗算》算起，电视剧领域，好的谍战剧还真不算少。它们都有一个超越 20 世纪 80 年代地下党题材影视剧的共同优点：特别会讲故事——这不得不归功于大量美剧跌宕剧情的率先垂范。也有一个无法达到 20 世纪五六十年代地下党题材电影的共同弱点：主题失焦。就是越来越聚焦于谍战人员和敌方斗智斗勇的"技巧"而无视他们这样做背后的心理逻辑。

从 2005 年到现在，差不多又快过去二十年了。各种新鲜刺激的桥段，慢慢变成"烂梗"，让编导不敢用，让观众没眼看。比如《悬崖之上》好几次使用的"情境复原"法：特务离开的时候某个场景中产生了各种变化，当特务回来，一开门，场景早已复原。这在早些年确实很能制造紧张感和悬疑感的，现在再用，而且一再使用，只能让人觉得幼稚。

那么我要说的是下一个问题。当各种手法花样翻新越来越难，而我们的创作者又没有意识到这个问题，还在乐此不疲地使用这些陈旧的手法的时候，是不是问题就显现了？就是技巧也没了（故事讲不好了），同时心理逻辑本身不够强大（没有铺垫、羞于表白、不够理直气壮，演员也没有当年孙道临和王心刚脸上那股正义凛然的豪气），那么你究竟打算让观众看什么呢？

我这不是说《悬崖之上》，或者说，不仅仅是说《悬崖之上》，只是顺便想到这个问题。

我还是很喜欢看我们自己的谍战片/剧的，希望它们能越拍越好。

2021.5.9

自由的，美丽的

一个小花园

充满芳香，长满了玫瑰。

窄窄的小路

有个男孩沿着小路散步

小男孩，甜甜的小男孩，

就像盛开的花朵。

花儿再次开放，

小男孩却不见了。

这是二战中被关进特莱津集中营的犹太男孩弗兰塔·巴斯（1930—1944）写的。这几天，我反复翻读林达编著的

《像自由一样美丽》，长久地注视和默诵这首短诗，感受到一阵阵的心悸。

我一次又一次企图构拟这个男孩写下这些诗句时的心理感受。这太残酷了。但是因为事实本身更残酷，不论是现在林达的"说出"还是我们作为读者的"想到"，都只不过在事实的延长线上而已，因此也无所谓残酷了。也许，不去说，不去想，才是真正残酷的和不明智的。

这本书收录了和弗兰塔·巴斯同样被关押在特莱津的几十个孩子的绘画作品，加上林达的叙事和串讲，文字异常质朴。为什么这么质朴，林达在后记里解释说，这书是写给孩子们看的。编著者和出版者居然有这样的勇气，对现在的孩子又有这么高的期待，这实在让人感到惊诧。说到我自己，这本书只给六岁的儿子看了一眼就收起来了，因为他问我："这些小朋友还出得来吗？"

好像只能这样——如果没有力量回答孩子的这个问题，还是等他们长大以后再郑重地把这本书交付给他们吧。

但是，当年生活在特莱津的大人们显然等不及孩子们长大了，他们也确知了自己和孩子们中的绝大多数人很快将见不到"花儿再次开放"。就是在这样的绝望空气里，犹太艺术家和教师团结起来，不仅教会了孩子们在逆境中传达自己的坚执，而且，更难得的是，他们"力图把孩子们从恐惧、焦虑、惶惑的心理状态中引开，让他们拾起他们失落的、最宝贵的东西"。这最宝贵的东西就是对美的最原始的感觉。

所以，本书展示的画作，既有压抑和梦魇，也有诗意和温暖。虽然黑色和灰色是这些画的主调，但是它们还是五彩纷呈的。被污蔑为"劣等民族"的阴霾气象并不能阻遏犹太民族蓬勃的生命力。《奉献日》《逾越节聚会》《餐会》，这些画作展示了犹太民族恒久的生存信念；而更多的标注了《风景》的标题的图画，诉说的是美和美感的无处不在。这里的每一幅画和每一首诗都传递了这样的信念：美是任何力量都无法扼杀的。

居然有这么多画是以鲜花为主题的！野地里的，花园里的，花盆里的，花瓶里的，它们毫无畏惧地在书页间怒放！好几篇串讲中，林达断言孩子们当时的生活中已然没有鲜花，所有的花都来自对曾经的温暖生活的回忆。对此我并不赞同。我宁可认为这些花是孩子们对美的实写，在囚禁中，花给了孩子们关乎自由的最真切意象，所以这些花才在他们的笔下如此恣肆地炫耀它们的自由。孩子们的导师之一弗利德说："你要用光明来定义黑暗，用黑暗来定义光明。"孩子们就这样用他们向往光明的本能捍卫了他们唯一能感知的来自光明的信息，用它来定义黑暗，也抵御黑暗。

这本书的装帧如画和文一样质朴，但封面和封底内侧别致地设计了两根黑色的缎带，我想，设计者大概是希望读者在读完全书后能系上这两根缎带，以此纪念和封存，也以此

表示自己的希望和绝望。当我读完这本书,仔细地系上黑缎带的时候,耳边久久地回响着这样的诗句:

> 我要独自离去,去到一个地方,
> 那里的人不一样,他们更为善良,
> 那个地方很远,谁也不知道在哪儿,
> 在那里,一个人不杀死另一个人。

这也是一个十几岁的小孩子写的,写于那离我们并不久远的过去和并不遥远的远方。孩子梦想中的"那个地方"依然很远,谁也不知道在哪儿。

(《像自由一样美丽——犹太人集中营幸存的儿童画作》,林达编著,生活·读书·新知三联书店,2007年9月第一版,2008年2月第二次印刷)

2008 年

后 记

我念书的时间有点长，故三十而未立，四十仍大惑，倏忽半百，倒是迅速地知天命了。

我知的天命，无非是觉悟到"人事有代谢，往来成古今"，out 就是 out，"不必追"（龙应台《目送》）。

李清照词《南歌子》，吟哦再三，于我心有戚戚焉，尤其在这个无法脱困的四月。

  天上星河转，人间帘幕垂。
  凉生枕簟泪痕滋。
  起解罗衣聊问夜何其。

  翠贴莲蓬小，金销藕叶稀。
  旧时天气旧时衣。

只有情怀不似旧家时。

我是个很懒散的人，纵然一事无成两鬓斑也没有什么抱怨，唯独有些自己写过的文字会不能免俗地舍不得丢掉。距上次出随笔集已有十年，所以还是决定整理出来，再出一本。这里保留的是我走过的日子的散碎屐痕：那在弄堂里撒欢蹦跳的童年，在复旦园痛饮长啸的青春，和一部《茶馆》死磕到底的豪情，以及对四十年如一日伴随我的那些美好的声音、旋律的无法稀释的热爱，这些都给了我不畏老之将至的勇气。

虽然我对自己的未来看得很淡，无所谓，但是这个上海的春天让我很伤心。"旧时天气旧时衣。只有情怀不似旧家时。"昨天半夜，一个多月来的点点滴滴涌上心头，没有答案，没有曙色，觉得是被噩梦魇住了一般，又像进入了一个鬼打墙的迷魂阵，于是痛哭了一场。现在只是希望到这本书出版的时候上海会好一点。

孙洁

2022 年 4 月 23 日

图书在版编目（CIP）数据

旧时天气/孙洁著.-上海：上海文艺出版社.2022
ISBN 978-7-5321-8346-3
Ⅰ.①旧… Ⅱ.①孙… Ⅲ.①散文集－中国－当代
Ⅳ.①I267
中国版本图书馆CIP数据核字(2022)第098192号

发 行 人：毕　胜
责任编辑：陈　蔡
封面设计：钟　颖

书　　名：旧时天气
作　　者：孙　洁
出　　版：上海世纪出版集团　上海文艺出版社
地　　址：上海市闵行区号景路159弄A座2楼 201101
发　　行：上海文艺出版社发行中心
　　　　　上海市闵行区号景路159弄A座2楼206室 201101 www.ewen.co
印　　刷：崇明裕安印刷厂
开　　本：890×1240　1/32
印　　张：8
字　　数：146,000
印　　次：2022年9月第1版 2022年9月第1次印刷
Ｉ Ｓ Ｂ Ｎ：978-7-5321-8346-3/I·6586
定　　价：48.00元
告 读 者：如发现本书有质量问题请与印刷厂质量科联系　T:021-59404766